시긴의 빛깔을 한 몽싱

시간의 빛깔을 한 몽상

마르셀 프루스트

이건수 옮김

LES REGRETS, RÊVERIES
COULEUR DU TEMPS
Marcel Proust

일러두기

1 작품 번역에는 프랑스국립도서관의 디지털 도서관인 갈리카(Gallica)의
다음 책을 사용하였다.
Marcel Proust, *Les Plaisirs et les Jours*, Calmann Lévy, 1896.

2 옮긴이의 말과 작가 연보에는 아래 책들을 참고하였다.
Marcel Proust, *Les Paisirs et les Jours*, Folio classique, Gallimard, 1993
(Édition de Thierry Laget).

_____, *Jean Santeuil précédé de Les Plaisirs et les jours*, Bibliothèque de
la Pléiade, Gallimard, 1971 (Édition établie par Pierre Clarac avec la
collaboration d'Yves Sandre).

_____, *Du côté de chez Swann*, Folio classique, Gallimard, 1998 (Édition
présentée et annotée par Antoine Compagnon).

_____, *Correspondance*, GF Flammarion, 2007 (Choix de lettres et
présentation par Jérôme Picon).

Annick Bouillaguet et Brian G. Rogers, *Dictionnaire Marcel Proust*, Honoré
Champion, 2004.

Jean-Yves Tadié, *Proust La cathédrale du temps*, Découvertes Gallimard,
1999.

Jérôme Picon, *Passion Proust*, Textuel, 1999.

Thierry Laget, *l'ABCdaire de Proust*, Flammarion, 1998.

_____, *Marcel Proust*, Les essentiels Milan, 1995.

Pierre Daum, *Les Plaisirs et les Jours de Marcel Proust*, Nizet, 1993.

3 이 시집의 프랑스어 원제는 'Les Regrets, Rêveries couleur du temps'으로,
직역하면 '회한, 시간의 빛깔을 한 몽상'이다.

4 「여인들의 문예 취미」, 「꿈으로서의 삶」, 「거울 속의 나비 잡기」, 「두 눈이
하는 약속」은 원래 제목이 없는 작품으로, 역자가 주제와 문맥에 맞추어
임의의 제목을 제시하였다.

차례

바다는 인간의 마음처럼 무한하지만 무력한 열망이고,
끊임없이 추락하는 도약이며, 달콤한 한탄이기에 우리를
흥겹게 한다. 바다는 음악처럼 매혹적이다. 인간의 말과는
달리 음악은 흔적을 남기지 않으며 사람에 대해 아무것도
말해 주지 않지만, 우리네 마음의 움직임을 모방하기
때문이다.

— 「바다」에서

TUILERIES

Au jardin des Tuileries, ce matin, le soleil s'est endormi tour
à tour sur toutes les marches de pierre comme un adolescent
blond dont le passage d'une ombre interrompt aussitôt le
somme léger. Contre le vieux palais verdissent de jeunes
pousses. Le souffle du vent charmé mêle au parfum du passé la
fraîche odeur des lilas. Les statues qui sur nos places publiques
effrayent comme des folles, rêvent ici dans les charmilles
comme des sages sous la verdure lumineuse qui protège leur
blancheur. Les bassins au fond desquels se prélasse le ciel bleu
luisent comme des regards. De la terrasse du bord de l'eau, on
aperçoit, sortant du vieux quartier du quai d'Orsay, sur l'autre
rive et comme dans un autre siècle, un hussard qui passe. Les
liserons débordent follement des vases couronnés de géraniums.
Ardent de soleil, l'héliotrope brûle ses parfums. Devant le
Louvre s'élancent des roses trémières, légères comme des mâts,
nobles at gracieuses comme des colonnes, rougissantes comme

튈르리 공원

　오늘 아침 튈르리 공원의 태양은 잠이 덜 깬 듯 돌계단
위를 한 칸씩 미끄러지며 내려가고 있었다. 스쳐 지나가는
태양의 그림자는 선잠에 빠진 금발 청년을 금방이라도
깨울 것만 같았다. 오래된 궁전을 배경으로 어린 새싹들이
푸르러져 간다. 무엇엔가 홀린 바람의 숨결은 과거의 냄새에
라일락의 신선한 향기를 섞는다. 미친 여자의 갑작스러운
등장처럼 흔히 우리를 겁주던 석상들은 이곳 소사나무 아치
아래에 꿈을 꾸듯 서 있다. 녹음 속에서 흰 빛으로 눈부신
그 모습이 마치 현자들 같구나. 파란 하늘이 내려앉은
수반은 흡사 사람의 시선인 양 빛난다.
　강가의 테라스 너머로 센강 저편 케 도르세[2]의
고색창연한 동네에서 과거로 돌아간 듯 근위병 하나가
지나가는 것이 보인다. 제라늄 화분들 위로 들꽃들이
흐드러지게 침범해 온다. 태양 아래 타오르는 지치꽃은
자신의 향기를 불태운다. 루브르 궁전 앞에 있는
접시꽃들은 경쾌한 돛대처럼, 기품 있는 기둥처럼, 낯을

des jeunes filles. Irisés de soleil et soupirant d'amour, les jets d'eau montent vers le ciel. Au bout de la Terrasse, un cavalier de pierre lancé sans changer de place dans un galop fou, les lèvres collées à une trompette joyeuse, incarne toute l'ardeur du Printemps.

Mais le ciel s'est assombri, il va pleuvoir. Les bassins, où nul azur ne brille plus, semblent des yeux vides de regards ou des vases pleins de larmes. L'absurde jet d'eau, fouetté par la brise, élève de plus en plus vite vers le ciel son hymne maintenant dérisoire. L'inutile douceur des lilas est d'une tristesse infinie. Et là-bas, la bride abattue, ses pieds de marbre excitant d'un mouvement immobile et furieux le galop vertigineux et fixé de son cheval, l'inconscient cavalier trompette sans fin sur le ciel noir.

붉히는 아가씨처럼 한껏 목을 빼고 있다. 무지개 빛깔로 퍼져 가는 분수 물줄기는 사랑에 목 타듯 하늘을 향해 올라간다. 테라스의 끝에는 제자리에서 질주하며, 흥겹게 나팔을 불어 대는 기사(騎士)의 석상이 봄날의 이 모든 열정을 구현하고 있구나.

하지만 하늘이 어두워지더니, 당장이라도 비가 내릴 것만 같다. 더 이상 창공의 빛으로 빛나지 않는 수반들은 시선 없는 텅 빈 두 눈이나 눈물로 가득 찬 단지 같아 보일 뿐. 가벼운 바람에도 후려친 듯 흔들리는 분수의 물줄기. 하늘을 향해 이제는 웃음거리가 된 찬가를 서둘러 쏘아 올리는 모습이 엉뚱하기만 하다. 더는 의미 없어진 라일락 꽃의 달콤한 향기가 한없는 슬픔이 된다. 그리고 저쪽에선 대리석으로 된 두 발로 맹렬히 박차를 가하며, 자기가 탄 말의 움직이지 않는 질주를 재촉하는 기사가 시커먼 하늘 위로 아무런 의식 없이 계속 나팔을 불어 대누나.

---

1 자연과 정신을 중시한 미국의 사상가 겸 시인 랠프 에머슨(1803~1882). 그의 에세이 「시인」에서 인용.
2 '오르세 강둑길'이라는 뜻으로, 센 강변 좌안에 있다. 이곳에 위치한 프랑스 외무성의 별칭으로 사용된다.

VERSAILLES

L'automne épuisé, plus même réchauffé par le soleil rare,
perd une à une ses dernières couleurs. L'extrême ardeur de ses
feuillages, si enflammés que toute l'après-midi et la matinée
elle-même donnaient la glorieuse illusion du couchant, s'est
éteinte. Seuls, les dahlias, les œillets d'Inde et les chrysanthèmes
jaunes, violets, blancs et roses, brillent encore sur la face sombre
et désolée de l'automne. À six heures du soir, quand on passe
par les Tuileries uniformément grises et nues sous le ciel aussi
sombre, où les arbres noirs décrivent branche par branche leur
désespoir puissant et subtil, un massif soudain aperçu de ces
fleurs d'automne luit richement dans l'obscurité et fait à nos
yeux habitués à ces horizons en cendres une violence
volupteuese. Les heures du matin sont plus douces. Le soleil
brille encore parfois, et je peux voir encore en quittant la
terrasse du bord de l'eau, au long des grands escaliers de pierre,
mon ombre descendre une à une les marches devant moi. Je ne
voudrais pas vous prononcer ici après tant d'autres[•], Versailles,
grand nom rouillé et doux, royal cimetière de feuillages, de

베르사유 궁전

"대단한 수다쟁이라도 그곳에 다가가기만 해도
생각에 잠기게 하는 운하에서 나는 기쁠 때나 슬플
때나 언제나 행복하다."
드라모트애그롱 씨(氏)에게 보내는 발자크의 편지[1]

제시간을 다한 가을은 이따금 태양으로 다시
덮혀지기까지 해서 마지막 남은 빛깔마저 빠르게 잃어가고
있다. 오후 내내, 아니 아침나절에마저 석양의 찬란한
환상을 보여 주던 나뭇잎들의 마지막 열정은 불타올라
이제 꺼져 버렸다. 달리아, 홍황초, 그리고 노랑, 보라,
하양, 분홍색 국화꽃들만 가을의 어둡고 황량한 지표
위에 아직도 빛나고 있다. 저녁 6시쯤, 어두운 하늘 아래
온통 잿빛으로 헐벗은 튈르리 공원을 가로질러 갈 때면,
어스름한 나뭇가지들마다 강렬하게 스며 있는 절망이
느껴지고, 이때 갑작스레 눈에 띈 이 가을꽃 덤불은 어둠
속에서 풍요로운 빛을 발하며, 타 버린 재 같은 계절 광경에
익숙해진 우리 눈에 격렬한 관능적 쾌감을 안겨 준다.
가을의 아침 시간은 훨씬 달콤하다. 아직 태양이 떠 있을
때 물가 테라스를 벗어나면, 커다란 석조 층계를 한 칸씩
내려가는 내 그림자가 보이기도 한다. 나는 여기에서 그
많은 문인들[2]이 한 것처럼 당신의 이름을 부르고 싶지 않다.
베르사유여, 이제는 녹슬어 버린 감미로운 이름이며, 숲과
드넓은 호수와 대리석들로 이루어진 위대한 왕의 무덤이며,

15

vastes eaux et de marbres, lieu véritablement aristocratique et démoralisant, où ne nous trouble même pas le remords que la vie de tant d'ouvriers n'y ait servi qu'à affiner et qu'à élargir moins les joies d'un autre temps que la mélancolie du nôtre. Je ne voudrais pas vous prononcer après tant d'autres, et pourtant que de fois, à la coupe rougie de vos bassins de marbre rose, j'ai été boire jusqu'à la lie et jusqu'à délirer l'enivrante et amère douceur de ces suprêmes jours d'automne. La terre mêlée de feuilles fanées et de feuilles pourries semblait au loin une jaune et violette mosaïque ternie. En passant près du hameau, en relevant le col de mon paletot contre le vent, j'entendis roucouler des colombes. Partout l'odeur du buis, comme au dimanche des Rameaux, enivrait. Comment ai-je pu cueillir encore un mince bouquet de printemps, dans ces jardins saccagés par l'automne. Sur l'eau, le vent froissait les pétales d'une rose grelottante. Dans ce grand effeuillement de Trianon, seule la voûte légère d'un petit pont de géranium blanc soulevait au-dessus de l'eau glacée ses fleurs à peine inclinées par le vent. Certes, depuis que j'ai respiré le vent du large et le sel dans les chemins creux de Normandie, depuis que j'ai vu

---

* Et particulièrement après MM. Maurice Barrès, Henri de Régnier, Robert de Montesquiou-Fezensac.

진정 귀족적이고 풍속을 문란케 하는 장소여. 당시 기쁨을
널리 퍼지게 한다는 미명하에 수많은 노동자들의 삶과 땀이
악용되었다는 오늘날의 우울한 회한마저 우리네 마음을
어지럽힐 수 없구나.

　나는 수많은 다른 사람들처럼 그대의 이름을 들먹이고
싶지는 않다. 하지만 나는 여러 차례 그대의 분홍색 대리석
수반을 술잔 삼아 술찌끼까지 마셔 대며 가을날의 취기
오르는 쌉쌀한 달콤함을 떠벌이기도 했다. 시든 잎과 썩은
잎으로 뒤섞인 대지는 멀리서는 노랑과 보라의 빛바랜
모자이크처럼 보였다. 촌락 근처를 지나가며 바람을 막으려
저고리 깃을 세울 때, 비둘기들이 구구 우는 소리가 내게
들렸다. 도처에 회양목 냄새가 부활절 직전의 성지(聖枝)
주일인 듯 사람을 취하게 했다. 가을날 황폐해진 이런 정원
안에서 어찌 내가 봄날의 하찮은 꽃다발 하나라도 꺾을 수
있겠는가. 바람은 떨고 있는 장미의 꽃잎들을 수면 위로
내던지고 있었다.

　낙엽이 쌓이는 트리아농 별궁에는 하얀 제라늄이
심긴 다리의 가벼운 아치만 바람 때문에 살짝 고개 숙인
꽃들을 얼어붙은 물 위로 들어 올리고 있었다. 노르망디의
울퉁불퉁한 길에서 바닷바람에 실린 소금기를 들이마시며,
꽃 핀 만병초 가지들 사이로 반짝이고 있던 바다를 보고
나서부터, 나는 물이 가까이 있다는 것이 식물에게 큰

briller la mer à travers les branches de rhododendrons en fleurs, je sais tout ce que le voisinage des eaux peut ajouter aux grâces végétales. Mais quelle pureté plus virginale en ce doux géranium blanc, penché avec une retenue gracieuse sur les eaux frileuses entre leurs quais de feuilles mortes. Ô vieillesse argentée des bois encore verts, ô branches éplorées, étangs et pièces d'eau qu'un geste pieux a posés çà et là, comme des urnes offertes à la mélancolie des arbres!

은총임을 분명히 알게 되었다. 낙엽 덮인 둑길에서 차가운 수면 위로 이렇게 우아하고 조심스레 몸을 기울인 처녀같이 하얀 제라늄. 그 나긋나긋함 안에 서려 있는 더할 나위 없는 순결함이여. 오 아직은 푸른빛이 남아 있는 숲의 은빛 노년이여, 오 눈물짓는 나뭇가지들, 우울한 숲에게 바친 항아리인 양 경건하게 여기저기 늘어놓은 연못들이여!

---

1 게 드 발자크(1597~1654)는 17세기 작가 겸 자유사상가로서, 방대한 그의 서간집에 나타난 품격 있는 산문으로 유명했다.
2 (프루스트의 원주) 특히 모리스 바레스, 앙리 드 레니에, 로베르 드 몽테스키우─페장작 제씨(諸氏).

PROMENADE

Malgré le ciel si pur et le soleil déjà chaud, le vent soufflanit encore aussi froid, les arbres restaient aussi nus qu'en hiver. Il me fallut, pour faire du feu, couper une de ces branches que je croyais mortes et la sève en jaillit, mouillant mon bras jusqu'au coude et dénonçant, sous l'écorce glacée de l'arbre, un cœur tumultueux. Entre les troncs, le sol nu de l'hiver s'emplissait d'anémones, de coucous et de violette, et les rivières, hier encore sombres et vides, de ciel tendre, bleu et vivant qui s'y prélassait jusqu'au fond. Non ce ciel pâle et lassé des beaux soirs d'octobre qui, étendu au fond des eaux, semble y mourir d'amour et de mélancolie, mais un ciel intense et ardent sur l'azur tendre et riant duquel passaient à tous moments, grises, bleues et roses, —— non les ombres des nuées pensives, —— mais les nageoires brillantes, et glissantes d'une perche, d'une anguille ou d'un éperlan. Ivres de joie, ils couraient entre le ciel et les herbes, dans leurs prairies et sous leurs futaies qu'avait brillamment enchantées comme les nôtres le resplendissant génie du printemps. Et glissant fraîchement sur leur tête, entre leurs ouïes, sous leur ventre, les eaux se pressaient aussi en chantant et en faisant courir gaiement devant elles du soleil.

La basse-cour où il fallut aller chercher des œufs n'était pas moins agréable à voir. Le soleil comme un poète inspiré et

산책

　하늘이 개고 태양도 달구어졌지만, 바람은 여전히 차서
나무들은 겨울만큼이나 헐벗은 상태였다. 불을 지피기
위해 나는 말라 죽은 듯 보이는 가지 하나를 꺾었다.
그러자 수액이 뿜어져 나와 내 팔꿈치까지 적셨고, 나무의
얼어붙은 껍질 아래에도 요동치는 생명력이 있음을 드러내
보여 주었다. 겨울의 헐벗은 토양은 나무 밑동 틈새
아네모네, 노란 앵초, 제비꽃들로 가득 찼고, 어제까지만
해도 텅 비었던 어두운 강바닥에는 어느 틈에 생기 넘치는
파란 하늘이 가득 차 넘실대고 있었다.
　시월의 아름다운 밤, 실연과 우울로 죽을 것만 같은
창백하고 지친 하늘이 아니라, 눈이 시릴 정도로 파랗게
빛나는 발랄한 하늘. 이곳을 스쳐 지나가는 것은
상념으로 무거운 구름 그림자가 아니라, 회색, 파랑,
분홍빛으로 반짝이는 농어와 장어 또는 빙어의 미끄러지는
지느러미들이다. 기쁨에 취한 물고기들은 하늘과 풀밭
사이로, 그리고 봄의 정령(精靈)이 마치 인간의 숲인 듯
마술을 걸어 놓은 초원 안에서, 나무 숲 밑에서 달려가고
있었다. 물고기들의 머리 위로, 아가미 사이로, 배 아래로
시원하게 미끄러지는 강물은 하늘의 물길도 즐거이
달려가도록 노래하며 길을 내주었다.
　계란을 가지러 닭장으로 가는 것도 즐겁기만 했다.
영감(靈感)이 풍부한 시인과도 같은 태양은 이제껏 예술의

fécond qui ne dédaigne pas de répandre de la beauté sur les lieux les plus humbles et qui jusque-là ne semblaient pas devoir faire partie du domaine de l'art, échauffait encore la bienfaisante énergie du fumier, de la cour inégalement pavée, et du poirier cassé comme une vieille servante.

Mais quelle est cette personne royalement vêtue qui s'avance, parmi les choses rustiques et fermières, sur la pointe des pattes comme pour ne point se salir? C'est l'oiseau de Junon brillant non de mortes pierreries, mais des yeux mêmes d'Argus, le paon dont le luxe fabuleux étonne ici. Telle au jour d'une fête, quelques instants avant l'arrivée des premiers invités, dans sa robe à queue changeante, un gorgerin d'azur déjà attaché à son cou royal, ses aigrettes sur la tête, la maîtresse de maison, étincelante, traverse sa cour aux yeux émerveillés des badauds rassemblés devant la grille, pour aller donner un dernier ordre ou attendre le prince du sang qu'elle doit recevoir au seuil même.

Mais non, c'est ici que le paon passe sa vie, véritable oiseau de paradis dans une basse-cour, entre les dindes et les poules, comme Andromaque captive filant la laine au milieu des esclaves, mais n'ayant point comme elle quitté la magnificence des insignes royaux et des joyaux héréditaires, Apollon qu'on

영역이라 볼 수 없던 하찮은 장소들에게마저 아름다움을 쏟아붓고 있었다. 태양은 늙은 하녀처럼 두엄이며, 울퉁불퉁한 시골 마당이며, 가지 부러진 배나무를 효력 좋게 발효시키는 것이다.

　그런데 이런 시골 소작지의 잡동사니 틈에서, 왕처럼 차려입은 채 몸을 조금도 더럽히지 않으려는 듯 발끝으로 걸어가는 이 인물은 누구인가? 그 엄청난 화려함은 생명력 없는 보석들 덕분이 아니다. 헤라 여신의 새[鳥] 공작은 눈이 100개나 되는 거인 아르고스의 눈들 그 자체로 빛나고 있었다. 축제날 손님들이 들이닥치기 직전에, 색깔이 변하는 꼬리 달린 드레스와 기품 있어 보이는 파란색 목장식 그리고 머리에는 깃털 장식 모자로 한껏 차려입은 안주인이 마지막 지시를 내리러 가는 듯, 아니면 문 앞까지 나가 영접해야 할 지체 높은 왕족을 맞이하러 안뜰을 가로질러 가는 듯한 모습이구나. 철책 앞에 감탄하며 모여든 구경꾼들의 눈에 그녀는 눈부실 뿐이다.

　마치 포로가 된 앙드로마크[1] 왕자비가 노예들 가운데서 양털을 잣듯이, 천국의 새인 공작은 가금장의 칠면조와 암탉들 사이에서 당당히 자신의 삶을 보내는 것이다. 아폴로가 화려한 왕가의 휘장이나 물려받은 패물을 두르지 않은 채 아드메토스 왕[2]의 소떼를 칠 때에도 그 빛나는 기품으로 사람들이 언제나 그를 알아보았듯이 말이다.

reconnaît toujours, même quand il grade, rayonnant, les troupeaux d'Admète.

FAMILLE ÉCOUTANT LA MUSIQUE

«Car la musique est douce,
Fait l'âme harmonieuse et comme un divin chœur
Éveille mille voix qui chantent dans le cœur.»

Pour une famille vraiment vivante où chacun pense, aime et agit, avoir un jardin est une douce chose. Les soirs de printemps, d'été et d'automne, tous, la tâche du jour finie, y sont réunis; et si petit que soit le jardin, si rapprochées que soient les haies, elles ne sont pas si hautes qu'elles ne laissent voir un grand morceau de ciel où chacun lève les yeux, sans parler, en rêvant. L'enfant rêve à ses projets d'avenir, à la maison qu'il habitera avec son camarade préféré pour ne le quitter jamais, à l'inconnu de la terre et de la vie; le jeune homme rêve au charme mystérieux de celle qu'il aime, la jeune mère à l'avenir de son enfant, la femme autrefois troublée découvre, au fond de ces heures claires, sous les dehors froids de son mari, un regret douloureux qui lui fait pitié. Le père en suivant des yeux la fumée qui monte au-dessus d'un toit s'attarde aux scènes paisibles de son passé qu'enchante dans le lointain la lumière du soir; il songe à sa mort prochaine, à la vie de ses enfants après sa mort; et anisi l'âme de la famille entière monte religieusement vers le couchant, pendant que le grand tilleul, le marronier ou le sapin répand sur elle la bénédiction de son

음악을 듣고 있는 가족

"감미로운 음악이
영혼을 조화롭게 만들기에, 신성한 합창이 마음속에서 노래하는
수많은 목소리들을 깨우는 듯하구나."[1]

구성원 저마다 사려 깊으며, 정도 많고 활력이 넘치는
가족이 정원을 소유한다는 것은 멋진 일이다. 봄, 여름
그리고 가을 저녁마다 하루의 일과가 끝난 후 식구 모두
이곳에 모여 앉는다. 정원이 제아무리 작고 협소해도 나무
울타리가 나지막한 덕에, 각자는 조용히 눈을 들어 시원한
하늘을 꿈꾸듯 올려다볼 수 있다. 아이는 자신의 미래
계획, 결코 헤어지기 싫은 제일 친한 학교 친구와 함께 살
집, 그리고 미지의 대지(大地)와 인생을 꿈꾸고 있다. 청년은
사랑하는 여인의 신비로운 매력을, 젊은 엄마는 자기 아이의
장래를 그려 본다. 이런 명랑한 분위기 속에서, 지난 날
남편 때문에 마음고생이 심했던 주부는 그의 냉정한 얼굴
뒤에서 이제는 그녀에게 동정심마저 불러일으키는 고통에
찬 회한을 알아차린다. 가장(家長)은 지붕 너머 피어오르는
연기를 눈길로 좇으며, 저 멀리 저녁 햇살로 눈부신 과거
속의 평화로운 장면들에 사로잡혀 있다. 그는 다가오는
자신의 죽음과, 그 이후 자식들의 삶도 생각해 본다. 이렇듯
온 가족의 영혼이 석양을 향해 종교적으로 고양될 때에,
커다란 보리수나무와 마로니에 혹은 전나무는 축복처럼
가족의 머리 위로 진귀한 향기를 풍기거나 멋진 그림자를

odeur exquise ou de son ombre vénérable.

Mais pour une famille vraiment vivante, où chacun pense, aime et agit, pour une famille qui a une âme, qu'il est plus doux encore que cette âme puisse, le soir, s'incarner dans une voix, dans la voix claire et intarissable d'une jeune fille ou d'un jeune homme qui a reçu le don de la musique et du chant. L'étranger passant devant la porte du jardin où la famille se tait, craindrait en approchant de rompre en tous comme un rêve religieux; mais si l'étranger, sans entendre le chant, apercevait l'assemblée des parents et des amis qui l'écoutent, combien plus encore elle lui semblerait assister à une invisible messe, c'est-à-dire, malgré la diversité des attitudes, combien la ressemblance des expressions manifesterait l'unité véritable des âmes, momentanément réalisée par la sympathie pour un même drame idéal, par la communion à un même rêve. Par moments, comme le vent courbe les herbes et agite longuement les branches, un souffle incline les têtes ou les redresse brusquement. Tous alors, comme si un messager qu'on ne peut voir faisait un récit palpitant, semblent attendre avec anxiété, écouter avec transport ou avec terreur une même nouvelle qui pourtant éveille en chacun des échos divers. L'angoisse de la musique est à son comble, ses élans sont brisés par des chutes

드리워 주고 있다.

하지만 식구 각자가 사려 깊고 다정하며 활력 넘치는 가족에게, 즉 영혼을 가진 가족에게는, 음악에 재능이 있는 젊은이의 맑고 풍부한 목소리를 통해 그 영혼이 저녁마다 구현될 수 있다면 더욱 감미로운 일일 것이다. 식구들이 숨죽이며 노래를 듣고 있는 정원, 이 앞을 지나가는 낯선 이는 모든 면에서 종교적 꿈과 같은 이런 분위기를 깨뜨릴까 봐 조심하리라. 설사 그가 노랫소리를 듣지 못한다 하더라도, 이를 경청하고 있는 가족이나 친지들의 모습을 보게 된다면, 더한층 그에게는 사람들의 다양한 태도에도 불구하고 그들이 눈에 보이지 않는 미사에 참석하고 있는 것 같아 보이리라. 그들의 비슷비슷한 표정은 (동일한 이상적인 드라마에 대한 공감이나 하나의 동일한 꿈에의 일치에 의해 한순간 이루어진) 진정 영혼이 하나로 통일되어 있음을 또 얼마나 잘 드러내 보여 주는 것인지.

풀잎들을 고개 숙이게 하고 가지들을 잔잔히 흔드는 바람처럼, 때로 한줄기 기운이 갑작스레 사람들 머리를 굽히거나 다시 쳐들게 만든다. 이럴 때면 모든 이들은 마치 눈에 보이지 않는 천사가 날개를 퍼덕이며 전하는 이야기를 듣는 듯, 각자의 마음속에 다양한 메아리를 일깨우는 하나의 동일한 복음을 초조히 기다렸다가, 흥분과 두려움으로 경청하고 있는 듯 보인다. 음악이 아슬아슬하게

profondes, suivis d'élans plus désespérés. Son infini lumineux, ses mystérieuses ténèbres, pour le vieillard ce sont les vastes spectacles de la vie et de la mort, pour l'enfant les promesses pressantes de la mer et de la terre, pour l'amoureux, c'est l'infini mystérieux, ce sont les lumineuses ténèbres de l'amour. Le penseur voit sa vie morale se dérouler tout entière; les chutes de la mélodie défaillante sont ses défaillances et ses chutes, et tout son cœur se relève et s'élance quand la mélodie reprend son vol. Le murmure puissant des harmonies fait tressaillir les profondeurs obscures et riches de son souvenir. L'homme d'action halète dans la mêlée des accords, au galop des vivaces; il triomphe majestueusement dans les adagios. La femme infidèle elle-même sent sa faute pardonnée, infinisée, sa faute qui avait aussi sa céleste origine dans l'insatisfaction d'un cœur que les joies habituelles n'avaient pas apaisé, qui s'était égaré, mais en cherchant le mystère, et dont maintenant cette musique, pleine comme la voix des cloches,comble les plus vastes aspirations. Le muscien qui prétend pourtant ne goûter dans la musique qu'un plaisir technique y éprouve aussi ces émotions significantives, mais enveloppées dans son sentiment de la beauté musicale qui les dérobe à ses propres yeux. Et moi-même enfin, écoutant dans la musique la plus vaste et la plus

절정에 이르면, 그 도약은 깊은 추락에 의해 중단되지만
곧이어 더욱 필사적인 도약으로 이어진다. 음악의 찬란한
무한함과 그 신비스러운 어둠은 노인에게는 삶과 죽음의
광막한 장면이요, 아이에게는 미지의 바다와 육지에 대한
간절한 약속이다. 사랑하는 이에게는 신비로운 무한이자
사랑의 눈부신 어둠이 된다. 생각이 깊은 사람은 자신의
정신적 삶이 통째로 전개되는 것을 보아, 약해진 선율의
추락에서 자기 자신의 쇠약과 전락을 확인하게 된다.
선율이 다시금 비상할 때면, 그의 마음은 온통 다시 일어나
내닫는다. 하모니의 강렬한 속삭임으로 그 사람의 풍부하고
막연한 추억은 격하게 전율한다. 활동적인 사내라면
뒤섞이는 음조들 속에서 비바체의 박자로 씩씩거리고,
아다지오에서는 위엄 있게 승리를 구가하는 것이다. 충실치
못했던 아내 역시 자신의 과오가 용서되고 사라지는
것을 느낀다. 그녀의 잘못이란 ── 그 원인 또한 하늘이
부여했지만 ── 일상의 행복들로는 달랠 길 없던 불만족스런
마음 때문이었다. 신비로움을 추구할수록 그녀의 마음은
더욱 방황했었다. 그러나 이제 종소리로 가득한 이
음악이야말로 그녀 마음의 열망을 충만히 채워주고 있다.
사실 음익적인 기술만을 중시한다는 음악가마저 여기서는
오로지 음악적인 아름다움이라는 포장 안에 감추어진 의미
있는 이런 감동들을 역시 느껴 보게 된다. 그리고 결국에는

universelle beauté de la vie et de la mort, de la mer et du ciel,
j'y ressens aussi ce que ton charme a de plus particulier et
d'unique, ô chère bien-aimée.

음악 안에서 삶과 죽음, 바다와 하늘이라는 가장 원대하고
보편적인 아름다움을 듣는 나 자신은 그 속에서 매우
특별하고, 유일한 너만의 매력을 다시 알아보는 것이다. 오,
사랑하는 여인이여.

---

1 빅토르 위고(1802~1885)의 낭만주의 희곡 「에르나니」 5막의 여주인공
대사.

V

Les paradoxes d'aujourd'hui sont les préjugés de demain,
puisque les plus épais et les plus déplaisants préjugés
d'aujourd'hui eurent un instant de nouveauté où la mode leur
prêta sa grâce fragile. Beaucoup de femmes d'aujourd'hui
veulent se délivrer de tous les préjugés et entendent par
préjugés les principes. C'est là leur préjugé qui est lourd, bien
qu'elles s'en parent comme d'une fleur délicate et un peu
étrange. Elles croient que rien n'a d'arrière-plan et mettent
toutes choses sur le même plan. Elles goûtent un livre ou la vie
elle-même comme une belle journée ou comme une orange.
Elles disent l'« art » d'une couturière et la « philosophie » de la «
vie parisienne ». Elles rougiraient de rien classer, de rien juger,
de dire: ceci est bien, ceci est mal. Autrefois, quand une femme
agissait bien, c'était comme par une revanche de sa morale,
c'est-à-dire de sa pensée, sur sa nature instinctive. Aujourd'hui
quand une femme agit bien, c'est par une revanche de sa nature
instinctive sur sa morale, c'est-à-dire sur son immoralité
théorique (voyez le théâtre de MM. Halévy et Meilhac). En un
relâchement extrême de tous les liens moraux et sociaux, les
femmes flottent de cette immoralité théorique à cette bonté
instinctive. Elles ne cherchent que la volupté et la trouvent
seulement quand elles ne la cherchent pas, quand elles pâtissent

여인들의 문예 취미

오늘날 터무니없어 보이는 것이 내일에는 당연한 것이
된다. 오히려 지금은 너무 당연해서 불편하기까지 한
고정관념도 과거 한때 첨단 유행을 주도하며 신선하게
여겨졌던 것이다. 오늘날 많은 여인들은 모든 고정관념에서
해방되기를 바라면서도, 나름의 고정관념에 의지한다. 이를
깨려고 그녀들은 섬세하나 약간 특이한 꽃으로 치장을
하지만, 이로 인해 그 고정관념은 더욱 무거워진다. 여자들은
어떠한 것에도 배경이 없다고 믿기에, 모든 것들을 동일한
평면 위에 놓는다. 그녀들은 인생 자체를 아름다운 오후
한나절처럼 생각하고, 책 한 권을 오렌지인 양 맛본다.
그녀들은 디자이너의 '예술', 파리 생활의 '철학'을 논한다.
'이것은 좋고, 저것은 나쁘다.'고 평하며, 매사를 분류하거나
판단하지 않는다면 그녀들은 창피해하리라. 과거 어떤
여인이 처신을 잘했다면, 이것은 도덕적 사고가 그녀의
본능적인 천성을 잘 다스렸기 때문. 반면 오늘날 여인이
행동을 잘한다면, 이제는 그녀의 본성이 그녀의 예정된
부도덕성을 제압했기 때문이다. (알레비와 메이악[1]의 재치
넘치는 코미디를 보라.)
도덕적이고 사회적인 모든 관계가 극단적으로
느슨해짐으로써, 부도덕하다는 편견에서 벗어난 여인들은
자연스레 선량한 본능으로 흘러들게 된다. 그녀들은
관능만을 추구하는데, 관능이란 애써 구하지 않을 때

volontairement. Ce scepticisme et ce dilettantisme choqueraient dans les livres comme une parure démodée. Mais les femmes, loin d'être les oracles des modes de l'esprit, en sont plutôt les perroquets attardés. Aujourd'hui encore, le dilettantisme leur plaît et leur sied. S'il fausse leur jugement et énerve leur conduite, on ne peut nier qu'il leur prête une grâce déjà flétrie mais encore aimable. Elles nous font sentir, jusqu'aux délices, ce que l'existence peut avoir, dans des civilisations très raffinées, de facile et de doux. Leur perpétuel embarquement pour une Cythère spirituelle où la fête serait moins pour leurs sens émoussés que pour l'imagination, le cœur, l'esprit, les yeux, les narines, les oreilles, met quelques voluptés dans leurs attitudes. Les plus justes portraitistes de ce temps ne les montreront, je suppose, avec rien de bien tendu ni de bien raide. Leur vie répand le parfum doux des chevelures dénouées.

찾아오는 법. 여성들의 회의적인 문예 취미는 유행이 지난 장신구처럼 책 속에서도 눈에 거슬린다. 그녀들은 정신적 유행의 예언자이기는커녕, 차라리 뒷북치는 앵무새일 뿐. 그러나 여전히 문예 취미는 그녀들의 마음에 들 뿐만 아니라 그녀들에게 썩 잘 어울린다. 그녀들의 판단을 왜곡하고 행동을 약화시키는 문예 취미는 여인들에게는 여전히 사랑스러워 보이겠지만 분명 퇴색해 버린 재능이다. 세련된 문명 속에서 우리들은 여인들로 인해 손쉽게 감미로운 열락에 이를 수 있다. 끊임없이 정신적 시테르[2]를 향한 배에 오르는 그녀들의 태도에는 모종의 관능이 스며든다. 하지만 그곳에서의 축제는 여인들의 둔한 감각을 위해서라기보다는 우리들의 상상력, 심정, 정신, 시각, 후각, 청각을 위한 것이다. 내 생각에, 이 시대의 가장 정확한 초상화가는 여인들을 긴장되고 경직되게 그리지는 않을 것이다. 그녀들의 삶은 풀어헤친 머릿결처럼 달콤한 내음을 풍기고 있으니까.

---

1 뤼도빅 알레비(Ludovic Halévy, 1834~1908)와 앙리 메이악(Henri Meilhac, 1831~1897)은 공동으로 작업한 각본 작가들이다. 오펜바흐의 오페레타들과 비제의 가극 「카르멘」이 대표작이다.
2 그리스 펠로폰네소스 반도의 섬 키티라의 프랑스어명. 그곳에서 사랑하는 사람을 만날 수 있다고 여겨진, 고대 아프로디테 신앙의 근거지였다.

VI

L'ambition enivre plus que la glorie; le désir fleurit, la possession flétrit toutes choses; il vaut mieux rêver sa vie que la vivre, encore que la vivre ce soit encore la rêver, mais moins mystérieusement et moins clairement à la fois, d'un rêve obscur et lourd, semblable au rêve épars dans la faible conscience des bêtes qui ruminent. Les pièces de Shakespeare sont plus belles, vues dans la chambre de travail que reprèsentèes au thèâtre. Les poètes qui ont créé les impérissables amoureuses n'ont souvent connu que de médiocres servantes d'auberges, tandis que les voluptueux les plus enviés ne savent point concevoir la vie qu'lis mènent, ou plutôt qui les mène. — J'ai connu un petit garçon de dix ans, de santé chétive et d'imagination précoce, qui avait voué à une enfant plus âgée que lui un amour purement cérébral. Il restait pendant des heures à sa fenêtre pour la voir passer, pleurait s'il ne la voyait pas, pleurait plus encore s'il l'avait vue. Il passait de très rares, de très brefs instants auprès d'elle. Il cessa de dormir, de manger, Un jour, il se jeta de sa fenêtre. On crut d'abord que le désespoir de n'approcher jamais son amie l'avait décidé à mourir. On apprit qu'au contraire il venait de causer très longuement avec elle: elle avait été extrêment gentille pour lui. Alors on supposa qu'il avait renoncé aux jours insipides qui lui restaient à vivre, après

꿈으로서의 삶

　욕망은 영광보다 더 우리를 도취시킨다. 욕망은 모든
것을 아름답게 꽃피우지만, 일단 소유하게 되면 모든
게 시들해진다. 마찬가지로 자신의 삶을 꿈꾸는 것이
현실에서의 삶보다 더 낫다. 되새김질하는 짐승의 우매하고
산만한 꿈처럼, 어둡고 무거워 신비감이나 명확성이
떨어질지라도 꿈은 좋은 것. 삶 자체가 어차피 꿈꾸는
것이긴 하지만 말이다. 셰익스피어의 연극들은 무대에 올려
질 때보다 서재에서 상상할 때 더욱 아름답다. 사랑스러운
불멸의 여인들을 창작해 낸 시인들은 흔히 여인숙의 평범한
하녀들만 알고 지냈을 뿐이며, 가장 인기 있는 바람둥이란
그들이 영위하고 있는 삶, 아니 차라리 그를 질질 끌고 가는
삶조차 이해할 줄 모르는 작자다.

　내가 알고 지내던 열 살짜리 한 사내아이는 몸은
허약했지만 상상력은 매우 조숙하여 연상의 여인에게
플라토닉한 사랑을 바치고 있었다. 그녀가 지나가는 모습을
보려고 몇 시간씩 창가에 앉아 있곤 했는데, 그녀를 보지
못했다고 우는가 하면, 그녀를 본 날은 더욱 많이 울었다.
그녀와는 가끔씩 스쳐 지나가며 만나는 것이 전부였던 그가
어느 날 창에서 아래로 몸을 던졌다.

　처음에 사람들은 자기 여자 친구에게 결코 다가갈 수
없다는 절망감에 그가 죽기로 결심했다고 믿었다. 그러나
오히려 그녀와 더불어 오랫동안 이야기를 나눈 뒤라는 점과

cette ivresse qu'il n'aurait peut-être plus l'occasion de renouveler. De fréquentes confidences, faites autrefois à un de ses amis, firent induire enfin qu'il éprouvait une déception chaque fois qu'il voyait la souveraine de ses rêves; mais dès qu'elle était partie, son imagination féconde rendait tout son pouvoir à la petite fille absente, et il recommençait à désirer la voir. Chaque fois, il essayait de trouver dans l'imperfection des circonstances la raison accidentelle de sa déception. Après cette entrevue suprême où il avait, à sa fantaisie déjà habile, conduit son amie jusqu'à la haute perfection dont sa nature était susceptible, comparant avec désespoir cette perfection imparfaite à l'absolue perfection dont il vivait, dont il mourait, il se jeta par la fenêtre. Depuis, devenu idiot, il vécut fort longtemps, ayant gardé de sa chute l'oubli de son âme, de sa pensée, de la parole de son amie qu'il rencontrait sans la voir. Elle, malgré les supplications, les menaces, l'épousa et mourut plusieurs années après sans être parvenue à se faire reconnaître.

— La vie est comme la petite amie. Nous la songeons, et nous l'aimons de la songer. Il ne faut pas essayer de la vivre: on se jette, comme le petit garçon, dans la stupidité, pas tout d'un coup, car tout, dans la vie, se dégrade par nuances insensibles. Au bout de dix ans, on ne reconnaît plus ses songes, on les

그때 그녀가 호감을 표현했다는 사실이 알려졌다. 그러자 사람들은 어쩌면 다시는 맛볼 수 없는 이런 황홀한 순간 뒤의 공허함으로 삶을 포기한 것이라고 짐작했다. 그가 자주 속내를 털어놓던 한 친구의 말에 따르면, 그는 자기 꿈의 여왕을 실제로 볼 때면 언제나 실망감을 느꼈다고 했다. 하지만 그녀가 시야에서 사라지면 그의 풍부한 상상력은 눈앞에 없는 이 여인에게 영광을 되돌려 주며, 다시금 그녀를 만나기를 갈망했다. 매번 그녀에게 실망하게 된 우발적인 이유를 당시의 불완전한 상황 탓으로 돌리려 애썼다. 자신의 환상 속에서 고도로 완벽해진 애인을 실제로 만난다는 이런 최상의 순간 이후에, 그는 자신이 그토록 매달리던 절대성과 이런 현실의 불완전함 사이의 격차에 절망하여 창을 넘어 투신했던 것이다.

바보가 된 그는 아주 오랫동안 살았다. 추락으로 사고력을 잃었고, 스쳐 지나가며 나누었던 여자 친구와의 대화도 모두 잊었다. 그녀로 말할 것 같으면 주위의 애원과 질타에도 불구하고 그와 결혼했고, 몇 해 후 죽었는데 남편은 끝내 그녀를 알아보지 못했다.

인생이란 상상 속의 애인과 같은 것. 우리는 그녀를 꿈꾸고, 그녀를 꿈꾸는 것 자체를 좋아한다. 그녀를 실제로 체험하려 애쓰지 말 것. 이는 이야기 속의 소년처럼 갑자기는 아니지만 어리석음 속으로 몸을 던지는 꼴인데,

renie, on vit, comme un bœuf, pour l'herbe à paître dans le moment. Et de nos noces avec la mort qui sait si pourra naître notre conscience immortalité?

인생에 있어 모든 것은 눈치챌 수 없는 뉘앙스에 의해 서서히 망가지기 때문이다. 10년 후에 사람들은 더 이상 자신의 꿈들을 알아보지 못하고 부인하고, 소처럼 그 순간 뜯어먹을 풀을 위해 살아가는 것이다. 죽음과 결합해야만 비로소 우리가 의식할 수 있는 불멸성이 생겨날 수 있음을 그 누가 알랴?

VII

« Mon capitaine, dit son ordonnance, quelques jours après
que fut installée la petite maison où il devait vivre, maintenant
qu'il était en retraite, jusqu'à sa mort (sa maladie de cœur ne
pouvait plus la faire longtemps attendre), mon capitaine, peut-
être que des livres, maintenant que vous ne pouvez plus faire
l'amour, ni vous battre, vous distrairaient un peu; qu'est-ce
qu'il faut aller vous acheter?

— Ne m'achète rien; pas de livres; ils ne peuvent rien me
dire d'aussi intéressant que ce que j'ai fait, et puisque je n'ai pas
longtemps pour cela, je ne veux plus que rien me distraie de
m'en souvenir. Donne la clef de ma grande caisse, c'est ce qu'il
y a dedans que je lirai tous les jours. »

Et il en sortit des lettres, une mer blanchâtre, parfois teintée,
de lettres, ds très longues, des lettres d'une ligne seulement, sur
des cartes, avec des fleurs fanées, des objets, des petits mots de
lui-même pour se rappeler les entours du moment où il les
avait reçues et des photographies abîmées malgré les
précatuions, comme ces reliques qu'a usées la piété même des
fidèles: ils les embrassent trop souvent. Et toutes ces choses-là
étaient très anciennes, et il y en avait de femmes mortes, et
d'autres qu'il n'avait plus vues depuis plus de dix ans.

Il y avait dans tout cela des petites choses précises de

거울 속의 나비 잡기

　심장병을 앓는 어느 퇴역한 장교에게 죽을 날이 차츰 다가오고 있었다. 그때까지 살아야 할 작은 집을 마련했다. 며칠 후 그의 부관이 말했다. "대위님, 전투도 할 수 없고 사랑도 나눌 수 없는 지금 어쩌면 독서가 기분 전환이 될 것입니다. 어떤 책을 사다 드릴까요?"

　"책은 물론 나를 위해 아무것도 사지 말거라. 책은 나의 인생만큼 흥미롭지 않다. 남은 시간이 많지 않기에, 오로지 지난 일들을 추억하면서 무료함을 달래련다. 큰 궤짝의 열쇠를 건네다오. 그 안에 매일 읽을거리가 들어 있으니."

　그러고는 궤짝에서 편지 더미를 꺼냈다. 때로는 색깔을 띠기도 하지만 희끄무레한 편지들의 바다가 펼쳐졌다. 장문의 편지들, 달랑 한 줄인 편지들, 카드 위에 쓴 것들, 마른 꽃잎이나 물건이 들어 있는 것들, 편지를 받았던 순간의 정황을 떠올리기 위해 본인 스스로 적은 몇 개의 단어들. 그리고 신앙심 많은 신자들이 자주 입맞춤하여 닳아 버린 성물(聖物)처럼, 소중히 다루었는데도 많이 상해 버린 사진들도 있었다. 너무 오래된 사진 중에는 죽은 여인들의 것도 있었고, 못 본 지 10년을 넘긴 여인들의 것도 있었다.

　이 편지와 사진들은 그의 삶의 자잘한 상황과 연관된 관능이나 애정을 담고 있어 소중했지만 대수로워 보이지는 않았다. 이는 마치 광대한 프레스코 벽화와도 같았다.

sensualité ou de tendresse sur presque rien des circonstances de sa vie, et c'était comme une fresque très vaste qui dépeignait sa vie sans la raconter, dans sa couleur passionnée seulement, d'une manière très vague et très particulière en même temps, avec une grande puissance touchante. Il y avait des évocations de baisers dans la bouche — dans une bouche fraîche où il eût sans hésiter laissé son âme, et qui depuis s'était détournée de lui, — qui le faisaient pleurer longtemps. Et malgré qu'il fût bien faible et désabusé, quand il vidant d'un trait un peu de ces souvenirs encore vivants, comme un verre de vin chaleureux et mûri au soleil qui avait dévoré sa vie, il sentait un bon frisson tiède, comme le printemps en donne à nos convalescences et l'âtre d'hiver à nos faiblesses. Le sentiment que son vieux corps usé avait tout de même brûlé de pareilles flammes, lui donnait un regain de vie, — brûlé de pareilles flammes dévorantes. Puis, songeant que ce qui s'en couchait ainsi tout de son long sur lui, c'en étaient seulement les ombres démesurées et mouvantes, insaisissables, hélas! et qui bientôt se confondraient toutes ensemble dans l'éternelle nuit, il se remettait à pleurer.

Alors tout en sachant que ce n'étaient que des ombres, des ombres de flammes qui s'en étaient couru brûler ailleurs, que jamais il ne reverrait plus, il se prit pourtant à adorer ces

감동적인 거대한 힘을 가지고 막연하지만 특이한 방식으로,
오로지 열정적인 색감에 의해 직접 언급하지 않으면서도
그의 인생을 묘사하고 있으니. 문득 키스에 관한 기억이
떠올랐다. 그가 주저 없이 자신의 영혼을 담아 주었을
상큼한 여인의 입, 그러나 이내 그로부터 멀어졌던 그
입술이 떠오르자 그는 한참이나 울었다.

몹시 쇠약해지고 실망한 그는 이글거리는 태양에 익어
버린 뜨거운 포도주 한 잔인 양, 아직도 생생한 추억들을
단번에 비워 버렸다. 회복기의 봄볕이나 허약할 때 겨울철
벽난로가 가져다주는 기분 좋은 미지근한 떨림이 느껴졌다.
쇠잔한 자신의 늙은 육체가 아무튼 이런 불길을 다시
타오르게 했다는 생각에 삶이 소생하는 듯하였다. 그런데
자신 위로 길게 무엇인가가 드리워지는 기분이 들었다.
이는 잡히지 않게 움직이는 엄청난 크기의 그림자들로서,
아쉽게도 영원한 밤 속으로 이내 뒤섞일 것이었다. 그는
울기 시작했다.

이 그림자들은 다른 곳에서 타올랐던 불꽃의 그림자이며,
결코 다시는 못 볼 것임을 알고 있기에 그는 이것들을
흠모했다. 곧 닥쳐올 절대적인 망각과는 비교할 수 없는
존재인 양 소중히 다루었다. 수많은 키스들, 입맞춤한
머리카락들, 취기 오른 포도주처럼 퍼부어진 눈물과 입술과
애무를 받은 모든 것들, 게다가 신비한 운명의 무한까지

ombres et à leur prêter comme une chère existence par contraste avec l'oubli absolu de bientôt. Et tous ces baisers et tous ces cheveux baisés et toutes ces choses de larmes et de lèvres, de caresses versées comme du vin pour griser, et de désespérances accrues comme la musique ou comme le soir pour le bonheur de se sentir s'élargir jusqu'à l'infini du mystère et des destinées; telle adorée qui le tint si fort que rien ne lui était plus que ce qu'il pouvait faire servir à son adoration pour elle, qui le tint si fort, et qui maintenant s'en allait si vague qu'il ne la retenait plus, ne retenait même plus l'odeur disséminée des pans fuyants de son manteau, il se crispait pour le revivre, le ressusciter et le clouer devant lui comme des papillons. Et chaque fois, c'était plus difficile. Et il n'avait toujours attrapé aucun des papillons, mais chaque fois il leur avait ôté avec ses doigts un peu du mirage de leurs ailes; ou plutôt il les voyait dans le miroir, se heurtait vainement au miroir pour les toucher, mais le ternissait un peu chaque fois et ne les voyait plus qu'indistincts et moins charmants. Et ce miroir terni de son cœur, rien ne pouvait plus le laver, maintenant que les souffles purifiants de la jeunesse ou du génie ne passeraient plus sur lui, — par quelle loi inconnue de nos saisons, quel mystérieux équinoxe de notre automne?…

확장되려는 행복을 느끼지 못해 밤의 음악처럼 증가하는 절망감마저도. 사랑하는 여인에게 너무도 사로잡힌 나머지, 그는 모든 것을 바쳐 그녀를 흠모할 뿐이었다. 이제는 아련히 사라져 버려 더 이상 그녀를 붙들지 못하고, 그녀 외투의 펄럭이는 옷자락에서 흩어지는 냄새조차 간직할 수 없었다. 행복을 소생시켜, 나비처럼 못 박아 두고 싶은 간절함에 그는 경련이 일어났다.

그러나 점점 더 어려워졌다. 언제나 나비 한 마리도 못 잡았지만, 그때마다 나비 날개라는 환상을 손가락으로 조금씩 떼어 냈다. 아니 차라리 거울 속 나비들을 보며, 그것들을 잡으려 헛되이 거울에 부딪혔던 것이다. 매번 거울을 조금씩 더럽히기에 어른거리게 된 나비들이 더는 멋지게 보이지 않았다. 그의 마음이라는 이 더럽혀진 거울을 무엇으로도 닦을 수 없었다. 청춘과 재능의 깨끗한 숨결도 더는 스쳐 가지 않았다. 인간 계절의 알 수 없는 법칙에 의한 것인가? 인생의 가을이라는 신비로운 추분점을 지난 것인가?……

이제 그는 입맞춤들, 무한한 시간들, 전에는 그를 열광하게 했던 향기들을 잃어버리는 것이 덜 고통스러웠다. 덜 고통스러워진 것이 오히려 괴로웠지만, 이내 이런 괴로움마저 사라졌다. 고통들이 모두 떠나갔지만, 쾌락들은 떠나 보낼 필요조차 없었다. 오래전부터 쾌락들은 날개

Et chaque fois il avait moins de peine de les avoir perdus, ces baisers dans cette bouche, et ces heures infinies, et ces parfums qui le faisaient, avant, délirer.

Et il eut de la peine d'en avoir moins de peine, puis cette peine-là même disparut. Puis toutes les peines partirent, toutes, il n'y avait pas à faire partir les plaisirs; ils avaient fui depuis longtemps sur leurs talons ailés sans détourner la tête, leurs rameaux en fleurs à la main, fui cette demeure qui n'était plus assez jeune pour eux. Puis, comme tous les hommes, il mourut.

달린 신을 신고, 고개조차 돌려 보지 않은 채, 손에는 꽃 핀 종려나무 지팡이를 든 전령(傳令)[1]처럼 훨훨 달아났다. 더 이상 젊지 않은 이 거처를 떠났던 것이다. 그리고 모든 인간들이 그러하듯 그는 숨을 거두었다.

---

1 제우스의 전령 헤르메스의 날개 달린 신발과 지팡이를 묘사하고 있다.

RELIQUES

J'ai acheté tout ce qu'on a vendu de celle dont j'aurais voulu être l'ami, et qui n'a pas consenti même à causer aven moi un instant. J'ai le petit jeu de cartes qui l'amusait tous les soirs, ses deux ouistitis, trois romans qui portent sur les plats ses armes, sa chienne. Ô vous, délices, chers loisirs de sa vie, vous avez eu, sans en jouir comme j'aurais fait, sans les avoir même désirées, toutes ses heures les plus libres, les plus inviolables, les plus secrètes; vous n'avez pas senti votre bonheur et vous ne pouvez pas le raconter.

Cartes qu'elle maniait de ses doigts chaque soir avec ses amis préférés, qui la virent s'ennuyer ou rire, qui assistèrent au début de sa liaison, et qu'elle posa pour embrasser celui qui vint depuis jouer tous les soirs avec elle; romans qu'elle ouvrait et fermait dans son lit au gré de sa fantaisie ou de sa fatigue, qu'elle choisissait selon son caprice du moment ou ses rêves, à qui elle les confia, qui y mêlèrent ceux qu'ils exprimaient et l'aidèrent à mieux rêver les siens, n'avezvous rien retenu d'elle, et ne m'en direz-vous rien?

Romans, parce qu'elle a songé à son tour la vie de vos personnages et de votre poète; cartes, parce qu'à sa manière elle ressentit avec vous le calme et parfois les fièvres des vives intimités, n'avez-vous rien gardé de sa pensée que vous avez

유물

　나는 내가 그토록 사귀기를 열망했지만, 단 한순간도
나와 이야기하는 것조차 응하지 않았던 그녀의 유품 모두를
사들였다. 저녁마다 그녀가 즐겼던 카드 한 벌, 애완 원숭이
두 마리, 표지에 집안의 문장(紋章)이 새겨진 세 권의 소설,
그리고 그녀의 애견을 소유하게 된 것이다. 오! 너희, 그녀
삶의 기쁨이며 소중한 오락거리였던 너희는 내가 누릴 수도
탐할 수도 없었던, 그녀의 가장 자유롭고 침범할 수 없던
은밀한 모든 시간들을 함께했다. 그러나 행복감을 느껴 보지
못했기에 그것에 대해 내게 이야기해 줄 수조차 없는 너희.
　매일 밤 친구들과 함께 손가락으로 다루었던 카드들.
지루해한다거나 웃는 그녀를 지켜보던 카드들. 매일 저녁
게임을 하러 오는 구애자들에게 입을 맞춰 주려고 손에서
내려놓던 카드들. 기분과 피로감에 따라 침상에서 펼쳐
보거나 접어 두던 소설들. 그때그때의 변덕이나 동경에 따라
골라잡아, 거기에 자신의 희망 사항들을 투영하며 읽던
소설들. 책 속에다 자신의 꿈을 뒤섞으며, 자신의 환상을 더
잘 품도록 그녀를 도와주던 소설들아, 그녀에 대해 아무것도
기억하는 것이 없는 너희는 내게 말해 줄 것이 하나도
없다는 말이냐?
　그녀는 너희 속에 등장하는 주인공들이나 작가의 삶을
꿈꾸고는 했지, 소설들아. 고요함과 때로는 생생한 내밀함의
열기를 그녀로 하여금 맛보게 했던 카드들아. 너희가 기분을

distraite ou rempile, de son cœur que vous avez ouvert ou consolé?

Cartes, romans, pour avoir tenu si souvent dans sa main, être restés si longtemps sur sa table; dames, rois ou valets, qui furent les immobiles convives de ses fêtes les plus folles; héros de romans et héroïnes qui songiez auprès de son lit sous les feux croisés de sa lampe et de ses yeux votre songe silencieux et plein de voix pourtant, vous n'avez pu laisser évaporer tout le parfum dont l'air de sa chambre, le tissu de ses robes, le toucher de ses mains ou de ses genoux vour imprégna.

Vous avez consevé les plis dont sa main joyeuse ou nerveuse vous froissa; les larmes qu'un chagrin de livre ou de vie lui firent couler, vous les gardez peut-être encore prisonnières; le jour qui fit briller ou blessa ses yeux vous a donné cette chaude couleur. Je vous touche en frémissant, anxieux de vos révélations, inquiet de votre silence. Hélas! peut-être, comme vous, êtres charmants et fragiles, elle fut l'insensible, l'inconscient témoin de sa propre grâce. Sa plus réelle beauté fut peut-être dans mon désir. Elle a vécu sa vie, mais peut-être seul, je l'ai rêvée.

풀어 주었거나 마음을 위로해 주었던 그녀에 대해 아무것도 간직하지 못했단 말이냐?

카드와 소설들은 항상 그녀의 손 안이나, 애용하는 탁자 위에 놓여 있었다. 그녀의 성대한 파티에 한결같이 참석했던 퀸들, 킹들 그리고 잭들이여. 침대 곁 램프와 그녀의 눈길이 마주치며 만들어 내는 불길 아래에서, 실제로 목소리를 내지는 않지만 그녀의 머릿속에서 온갖 대화를 나누는 작중 남녀 주인공들아. 침실의 공기, 드레스의 질감, 손길과 무릎의 스침으로 너희에게 배어든 그녀의 향기를 전혀 발산시키지 못하는구나.

즐겁거나 신경질적인 그녀의 손길로 구겨진 주름들을 간직하고 있는 너희. 독서나 생활의 슬픔으로 그녀가 흘렸던 눈물들을 어쩌면 여전히 너희는 간직하고 있을지도 몰라. 그녀의 눈을 빛나게 했거나 눈부시게 했던 햇살 때문에 너희는 누렇게 변색되었지. 너희의 비밀이 혹시나 드러날까 봐 안절부절못하며, 손을 떨면서 말없는 너희를 어루만진다. 아아! 어쩌면 매혹적이지만 취약한 존재인 너희처럼, 그녀도 자신의 우아함에 대해 무관심하고 알아채지 못했을지 몰라. 그녀의 아름다움이 실상은 나의 욕망 안에서나 존재했기 때문이지. 그녀는 자신의 삶을 살았지만, 어쩌면 나 혼자만 그녀의 삶을 꿈꾸었기에.

SONATE CLAIR DE LUNE

I

Plus que les fatigues du chemin, le souvenir et l'appréhension des exigences de mon père, de l'indifférence de Pia, de l'acharnement de mes ennemis, m'avaient épuisé. Pendant le jour, la compagnie d'Assunta, son chant, sa douceur avec moi qu'elle connaissait si peu, sa beauté blanche, brune et rose, son parfum persistant dans les rafales du vent de mer, la plume de son chapeau, les perles à son cou, m'avaient distrait. Mais, vers neuf heures du soir, me sentant accablé, je lui demandai de rentrer avec la voiture et de me laisser là me reposer un peu à l'air. Nous étions presque arrivés à Honfleur; l'endroit était bien choisi, contre un mur, à l'entrée d'une double avenue de grands arbres qui protégeaient du vent, l'air était doux; elle consentit et me quitta. Je me couchai sur le gazon, la figure tournée vers le ciel sombre; bercé par le bruit de la mer, que j'entendais derrière moi, sans bien la distinguer dans l'obscurité, je ne tardai pas à m'assoupir.

Bientôt je rêvai que devant moi, le coucher du soleil éclairait au loin le sable et la mer. Le crépuscule tombait, et il me semblait que c'était un coucher de soleil et un crépuscule comme tous les crépuscules et tous les couchers de soleil. Mais on vint m'apporter une lettre, je voulus la lire et je ne pus rien

월광 소나타

1

피곤한 여정에 추억은 떠오르지, 까다로운 아버지,
무심한 처녀 피아 그리고 악착스러운 내 적들 생각에
나는 기진맥진해졌다. 안 지는 얼마 안 되었지만 상냥한
아순타[1]가 낮 동안 동행해 주었다. 그녀의 노랫가락,
하얗고 갈색이며 분홍빛으로 빛나는 미모, 휙 불어오는
바닷바람에도 사라지지 않는 그녀의 향기, 모자의 깃털
장식과 진주 목걸이 때문에 나는 흥겨웠다. 하지만 저녁
9시 무렵이 되자 지쳐 버린 나는 이곳 야회에서 잠시 쉴
테니 마차 편으로 귀가하라고 그녀에게 말했다. 지척에
옹플뢰르가 있었다. 벽에 기대어 쉴 장소를 잘 골랐는데,
바람을 막아 주는 커다란 나무들이 두 줄로 서 있는 큰
길의 입구여서 공기는 부드러웠다. 그녀는 알겠노라며 나를
떠났다. 밤하늘을 올려다보며 나는 풀밭 위에 누웠다. 어둠
속이라 잘 보이지는 않았지만 뒤편에서 들리는 바다 소리에
마음이 진정되어 곧바로 선잠이 들고 말았다.

금세 석양이 저 멀리 백사장과 바다를 비추는 꿈을
꾸었다. 노을이 지고 있었는데, 내게는 현실의 석양처럼
보였다. 이때 누군가 편지 한 통을 내게 건네주어서,
읽어 보려 애썼으나 전혀 알아볼 수 없었다. 그제야 나는
강렬한 빛이 넓게 퍼져 있다는 인상에도 불구하고 주변이
매우 어두워졌음을 알아차렸다. 이상하리만치 창백한

distinguer. Alors seulement je m'aperçus que malgré cette impression de lumière intense et épandue, il faisait très obscur. Ce coucher de soleil était extraordinairement pâle, lumineux sans clarté, et sur le sable magiquement éclairé s'amassaient tant de ténèbres qu'un effort pénible m'était nécessaire pour reconnaître un coquillage. Dans ce crépuscule spécial aux rêves, c'était comme le coucher d'un soleil malade et décoloré, sur une grève polaire. Mes chagrins s'étaient soudain dissipés; les décisions de mon père, les sentiments de Pia, la mauvaise foi de mes ennemis me dominaient encore, mais sans plus m'écraser, comme une nécessité naturelle et devenue indifférente. La contradiction de ce resplendissement obscur, le miracle de cette trêve enchantée à mes maux ne m'inspirait aucune défiance, aucune peur, mais j'étais enveloppé, baigné, noyé d'une douceur croissante dont l'intensité délicieuse finit par me réveiller. J'ouvris les yeux. Splendide et blême, mon rêve s'étendait autour de moi. Le mur auquel je m'étais adossé pour dormir était en pleine lumière, et l'ombre de son lierre s'y allongeait aussi vive qu'à quatre heures de l'après-midi. Le feuillage d'un peuplier de Hollande retourné par un souffle insensible étincelait. On voyait des vagues et des voiles blanches sur la mer, le ciel était clair, la lune s'était levée. Par moments,

석양은 희미하게 빛나고 있었고, 이런 마법의 조명을 받은 백사장에는 조개껍질 하나조차 알아보기 힘들 정도로 두터운 어둠이 쌓여 가고 있었다. 특이한 이런 노을을 배경으로, 마치 극지(極地)의 모래사장 위로 아프고 창백한 태양이 지는 것 같았다. 갑자기 내 번민들이 사라져 버렸다. 아버지의 완고한 판단과 피아의 감정들, 내 적들이 품고 있는 악의가 여전히 머릿속을 떠나지 않았지만, 자연스레 생겨났으나 관심을 끌지 못하게 되어 버린 욕구처럼 더 이상 나를 짓누르지 못했다. 이 어두운 광휘(光輝)라는 모순, 내 고통을 멈추게 한 마술 같은 휴전이라는 기적은 내게 어떤 의심도 두려움도 불러일으키지 않았다. 오히려 나는 그 감미로운 강렬함에 결국 잠에서 깨어나 커져 가는 달콤함에 휩싸였고 그 안에 푹 빠져 버렸다.

　나는 두 눈을 떴고, 화려하지만 창백한 내 꿈이 주위에 펼쳐져 있었다. 잠들기 위해 내가 등을 기댔던 벽은 가득한 빛 속에 있었고, 그 위로 벽 덩굴의 그림자가 오후 4시만큼이나 생기 있게 길게 뻗어 있었다. 한 그루 은백양 나무의 잎새들이 실바람에 뒤집어져 반짝이고 있었다. 파도 이는 바다 위에 흰 돛단배들이 보였고, 맑은 하늘에 달이 떠 있었다. 때때로 달 위로 가벼운 구름들이 스쳐갈 때면, 그 희미함이 해파리나 오팔의 가운데처럼 깊고 푸른 음영들로 물들고는 했다. 하지만 사방을 비추는 그 빛의 근원을 내 두

de légers nuages passaient sur elle, mais ils se coloraient alors de nuances bleues dont la pâleur était profonde comme la gelée d'une méduse ou le cœur d'une opale. La clarté pourtant qui brillait partout, mes yeux ne la pouvaient saisir nulle part. Sur l'herbe même, qui resplendissait jusqu'au mirage, persistait l'obscurité. Les bois, un fossé, étaient absolument noirs. Tout d'un coup, un bruit léger s'éveilla longuement comme une inquiétude, rapidement grandit, sembla rouler sur le bois. C'était le frisson des feuilles froissées par la brise. Une à une je les entendais déferler comme des vagues sur le vaste silence de la nuit tout entière. Puis ce bruit même décrut et s'éteignit. Dans l'étroite prairie allongée devant moi entre les deux épaisses avenues de chênes, semblait couler un fleuve de clarté, contenu par ces deux quais d'ombre. La lumière de la lune, en évoquant la maison du garde, les feuillages, une voile, de la nuit où ils étaient anéantis, ne les avait pas réveillés. Dans ce silence de sommeil, elle n'éclairait que le vague fantôme de leur forme, sans qu'on pût distinguer les contours qui me les rendaient pendant le jour si réels, qui m'opprimaient de la certitude de leur présence, et de la perpétuité de leur voisinage banal. La maison sans porte, le feuillage sans tronc, presque sans feuilles, la voile sans barque, semblaient, au lieu d'une réalité

눈은 어디에서도 찾아낼 수 없었다. 환상이라 믿을 정도로 눈부시게 빛나던 풀 위에조차 어둠은 지속되었다. 숲과 구렁은 새까맸다.

문득 가벼운 소리 하나가 불안스레 서서히 깨어나, 신속히 커지더니 숲 위로 구르는 것 같았다. 그것은 미풍에 의해 스치는 잎사귀들의 떨림이었다. 나는 잎사귀 하나하나가 온전한 밤의 광막한 침묵 위로 넘실대는 물결처럼 바람에 펄럭이는 소리를 듣고 있었다. 그 후 이 소리는 점차 줄어들더니 어느덧 사라졌다. 내 앞 떡갈나무 우거진 두 개의 가로수길 사이로 난 길쭉하고 좁다란 풀밭 안으로 빛의 강물이 이 두 줄의 그림자 강둑 안에 담겨 흐르는 것만 같았다. 달빛은 밤이 되어 안 보이던 산림 감시원의 초소와 잎새들과 돛단배를 불러냈지만, 이들의 잠을 깨우지는 않았다. 이런 잠의 침묵 속에서 달빛은 오로지 그들 형태의 어렴풋한 환영만을 비출 뿐이었다. 낮에는 그것들을 지극히 현실감 있게 만들던 윤곽들, 언제나 옆에 있을 것 같은 평범한 그들 존재의 확실성과 영속성으로 나를 억누르던 그 윤곽들을 구별할 수 없었기에. 하여 문이 없어진 집이라든가, 나무줄기는 물론 잎사귀 하나하나를 볼 수 없는 잎 전제, 배 없는 돛은, 매정하게 부인할 수 없으며 단조롭게 익숙해진 현실이라기보다는 차라리 어둠 속에 잠겨 잠이 든

cruellement indéniable et monotonement habituelle, le rêve étrange, inconsistant et lumineux des arbres endormis qui plongeaient dans l'obscurité. Jamais, en effet, les bois n'avaient dormi si profondément, on sentait que la lune en avait profité pour mener sans bruit dans le ciel et dans la mer cette grande fête pâle et douce. Ma tristesse avait disparu. J'entendais mon pére me gronder, Pia se moquer de moi, mes ennemis tramer des complots et rien de tout cela ne me paraissait reél. La seule réalité était dans cette irréelle lumière, et je l'invoquais en souriant. Je ne comprenais pas quelle mystérieuse ressemblance unissait mes peines aux solennels mystères qui se célébraient dans les bois, au ciel et sur la mer, mais je sentais que leur explication, leur consolation, leur pardon était proféré, et qu'il était sans importance que mon intelligence ne fût pas dans le secret, puisque mon cœur l'entendait si bien. J'appelai par son nom ma sainte mère la nuit, ma tristesse avait reconnu dans la lune sa sœur immortelle, la lune brillait sur les douleurs transfigurées de la nuit et dans mon cœur, où s'étaient dissipés les nuages, s'était levée la mélancolie.

II

Alors j'entendis des pas. Assunta venait vers moi, sa tête

나무들에 관한, 일관성은 없지만 빛을 발하는 이상한 꿈인 것만 같았다. 사실 숲들은 결코 이토록 깊이 잠들지 않았기에, 이런 창백하고 부드러운 대축제를 하늘과 바다로 소리 없이 이끌기 위해 달이 이를 이용한 거라고 느껴질 정도였다.

내 슬픔은 사라졌다. 아버지가 나를 꾸짖고, 피아가 비웃으며, 내 적들이 음모를 꾸미는 소리가 들렸으나, 이것들 중 그 어떤 것도 내게는 현실적으로 보이지 않았다. 유일한 현실이란 이 비현실적인 빛 안에 있을 뿐이기에, 미소 지으며 나는 이 빛에게 빌고 있었다. 그 어떤 신비로운 유사성으로 내 고통들이 숲속에서, 하늘에서, 바다 위에서 거행되는 장엄한 신비들과 연결되는지 알지 못했지만, 나는 그들에 대한 해명과 위로와 용서의 말이 언급되었다고 느꼈다. 이것을 그토록 마음으로 이해할 수 있기에, 머리로 알 수 없다는 것이 전혀 중요하지 않았다. 나는 밤에 성모님의 이름을 불렀고, 슬픔에 찬 나는 달님에게서 성모님의 영원한 자매의 모습을 알아보았다. 구름들이 걷힌 그 자리에 서글픔이 차오른 내 마음 속에서 달은 밤의 변모된 고통들 위로 빛나고 있었다.

2

이때 발소리가 들렸다. 아순타가 내게로 돌아왔는데,

blanche levée sur un vaste manteau sombre. Elle me dit un peu bas: «J'avais peur que vous n'ayez froid, mon frère était couché, je suis revenue.» Je m'approchai d'elle; je frissonnais, elle me prit sous son manteau et pour en retenir le pan, passa sa main autour de mon cou. Nous fîmes quelques pas sous les arbres, dans l'obscurité profonde. Quelque chose brilla devant nous, je n'eus pas le temps de reculer et fis un écart, croyant que nous butions contre un tronc, mais l'obstacle se déroba sous nos pieds, nous avions marché dans de la lune. Je rapprochai sa tête de la mienne. Elle sourit, je me mis à pleurer, je vis qu'elle pleurait aussi. Alors nous comprîmes que la lune pleurait et que sa tristesse était à l'unisson de la nôtre. Les accents poignants et doux de sa lumière nous allaient au cœur. Comme nous, elle pleurait, et comme nous faisons presque toujours, elle pleurait sans savoir pourquoi, mais en le sentant si profondément qu'elle entraînait dans son doux désespoir irrésistible les bois, les champs, le ciel, qui de nouveau se mirait dans la mer, et mon cœur qui voyait enfin clair dans son cœur.

넉넉한 어두운 색 망토 위로 하얀 얼굴이 나와 있었다. 그녀는 나직하게 내게 말했다: "당신이 추위할까 봐 걱정이 되었어요. 오빠가 잠자리에 들어서 다시 왔어요." 내가 다가가며 몸을 떨자 그녀는 자신의 망토 안에 나를 품어 주었고, 망토 자락을 끌어당기며 내 목 뒤로 팔을 둘렀다. 우리는 함께 숲속 깊은 어둠 안으로 몇 발자국을 떼었다. 앞에서 무엇인가 빛나서, 물러설 겨를이 없었던 나는 옆으로 비켜섰다. 나뭇등걸이라고 생각했는데, 장애물이 발밑에서 사라졌고 우리는 달빛을 받으며 걸어갔다.

나는 그녀의 머리를 내 쪽으로 기울였다. 내가 울기 시작한 것은 미소 짓던 그녀 역시 울고 있는 것을 보았기 때문이었다. 그제야 우리는 달도 울고 있었다는 것, 달의 슬픔이 우리의 슬픔과 일치하고 있다는 것을 알아차렸다. 달빛의 폐부를 찌르면서도 부드러운 느낌이 우리 가슴에 와 닿았다. 우리처럼 달이 울고 있었고, 우리가 거의 언제나 그러하듯 달도 영문을 모른 채 울고 있었다. 하지만 너무도 깊이 느끼고 있었기에 달은 자신의 매혹적이고 부드러운 절망 안으로 숲이며 들판, 하늘과 다시금 바다에 반사되는 하늘 그림자와 함께 내 마음도 이끌어 들인 것이다. 결국에는 달님의 마음속을 훤히 알아보게 된 내 마음 말이다.

---

1 피아와 아순타 둘 다 이탈리아식 여성 이름.

SOURCE DES LARMES QUI SONT
DANS LES AMOURS PASSÉES

Le retour des romanciers ou de leurs héros sur leurs amours défuntes, si touchant pour le lecteur, est malheureusement bien artificiel. Ce contraste entre l'immensité de notre amour passé et l'absolu de notre indifférence présente, dont mille détails matériels, — un nom rappelé dans la conversation, une lettre retrouvée dans un tiroir, la rencontre même de la personne, ou, plus encore, sa possession après coup pour ainsi dire, — nous font prendre conscience, ce contraste, si affligeant, si plein de larmes contenues, dans une œuvre d'art, nous le constatons froidement dans la vie, précisément parce que notre état présent est l'indifférence et l'oubli, que notre aimée et notre amour ne nous plaisent plus qu'esthétiquement tout au plus, et qu'avec l'amour, le trouble, la faculté de souffrir ont disparu. La mélancolie poignante de ce contraste n'est donc qu'une vérité morale. Elle deviendrait aussi une réalité psychologique si un écrivain la plaçait au commencement de la passion qu'il décrit et non après sa fin.

Souvent, en effet, quand nous commençons d'aimer, avertis par notre expérience et notre sagacité, — malgré la protestation de notre cœur qui a le sentiment ou plutôt l'illusion de l'éternité de son amour, — nous savons qu'un jour celle de la pensée de qui nous vivons nous sera aussi

옛사랑 때문에 아직도 울어야 한다면

　소설가들이나 소설 속 주인공들이 옛사랑에 연연하는
것은 독자에게 감동을 주지만 불행하게도 꽤나 작위적이다.
영원히 지속될 것 같은 옛사랑과 현재 무관심 사이의
이런 대비는 — 대화 도중에 언급되는 이름이라든지, 서랍
속에서 다시 찾아낸 편지, 또는 당사자와 만나고 한 걸음
더 나아가 그 사람을 소유하는 일 등 그 수많은 상세한
묘사들로 인해 우리가 자각하게 되는 대비 — 소설 작품
안에서는 너무나 가슴 아프고 눈물을 철철 흘리게 하지만,
현실의 우리는 이것을 냉정하게 받아들인다. 이는 바로
현재 우리가 무관심과 망각에 빠져 있기 때문이고, 우리가
사랑했던 여인이 더 이상 기껏해야 미학적으로밖에는 성에
차지 않기 때문이며, 혼란스러워하며 괴로워하던 마음마저
사랑과 더불어 사라졌기 때문이다. 그러므로 이런 대비가
주는 비통한 우울함은 단지 정신적 진실일 뿐이다. 정신적
진실 또한 심리적 현실이 되려면, 작가는 사랑이 끝난
후가 아니라 자신이 묘사하는 열정이 시작되는 시기에 이를
위치시켜야 하리라.
　우리가 사랑을 시작할 때 — 사랑의 감정을 느끼거나
사랑이 영원하리라는 환상을 품는 우리 마음과는
정반대로 — 매일 그 여인 생각에 빠져 살지만 언젠가는
여느 여인들만큼이나 우리의 관심을 끌지 못하게 되리라는
것을 우리는 경험이라는 통찰력을 통해 이미 알고 있다……

indifférente que nous le sont maintenant toutes les autres qu'elle... Nous entendrons son nom sans une volupté douloureuse, nous verrons son écriture sans trembler, nous ne changerons pas notre chemin pour l'apercevoir dans la rue, nous la rencontrerons sans trouble, nous la posséderons sans délire. Alors cette prescience certaine, malgré le pressentiment absurde et si fort que nous l'aimerons toujours, nous fera pleurer; et l'amour, l'amour qui sera encore levé sur nous comme un divin matin infiniment mystérieux et triste mettra devant notre douleur un peu de ses grands horizons étranges, si profonds, un peu de sa désolation enchanteresse...

그녀의 이름을 들어도 관능적 고통이 전혀 느껴지지
않으며, 몸을 떨지 않은 채 그녀의 편지를 읽게 될 것이고,
거리에서 그녀와 잠깐이라도 스치기 위해 가던 길을 바꾸지
않을 것이며, 그녀를 마주쳐도 전혀 동요하지 않고, 그녀를
소유한다 한들 흥분하지 않으리라. 그럴 때면 이런 확실한
통찰력은 그녀를 영원히 사랑할 거라는 터무니없고 그토록
강렬한 예감에도 불구하고 우리를 울게 만들 것이다. 그리고
사랑은, 신비롭고도 서글픈 신성한 아침 해마냥 여전히
우리 머리 위로 떠오를 그런 사랑은 우리의 고통 앞에
거대한 지평선 같은 것을 펼쳐 놓으리라. 사랑의 지평선은
이상하고도 아득한데, 여기에는 황홀케 하는 비탄이 약간
섞여 있다.

AMITIÉ

Il est doux quand on a du chagrin de se coucher dans la chaleur de son lit, et là tout effort et toute résistance supprimés, la tête même sous les couvertures, de s'abandonner tout entier, en gémissant, comme les branches au vent d'automne. Mais il est un lit meilleur encore, plein d'odeurs divines. C'est notre douce, notre profonde, notre impénétrable amitié. Quand il est triste et glacé, j'y couche frileusement mon cœur. Ensevelissant même ma pensée dans notre chaude tendresse, ne percevant plus rien du dehors et ne voulant plus me défendre, désarmé, mais par le miracle de notre tendresse aussitôt fortifié, invincible, je pleure de ma peine, et de ma joie d'avoir une confiance où l'enfermer.

우정

　마음이 울적할 때 따뜻한 침대에 누우면 기분이
좋아진다. 머리까지 이불을 뒤집어쓴 채 더는 힘들게 애쓰지
말고, 가을바람에 떠는 나뭇가지처럼 나지막이 신음 소리를
내며 자신을 통째로 내맡기면 된다. 그런데 신기한 향기로
가득 찬 더 좋은 침대가 하나 있다. 다정하고, 속 깊고, 그
무엇도 끼어들 수 없는 우리의 우정이다. 슬프거나 냉랭해질
때면, 나는 거기에 떨리는 내 마음을 눕힌다.
　따스한 우정의 침대 안에 내 사고(思考)를 맡겨 버리고,
외부의 어떤 영향도 받지 않는다면, 더 이상 나 자신을
방어할 필요도 없어져서 마음은 이내 누그러진다. 괴로움에
울던 나는 우정이라는 기적에 의해 강력해져 무적이 된다.
동시에 모든 고통을 담을 수 있는 든든한 우정을 가졌다는
기쁨에 눈물을 흘리고 만다.

Symphony in White. No. III. _Whistler. 1865_

ÉPHÉMÈRE EFFICACITÉ
DU CHAGRIN

Soyons reconnaissants aux personnes qui nous donnent du bonheur, elles sont les charmants jardiniers par qui nos âmes sont fleuries. Mais soyons plus reconnaissants aux femmes méchantes ou seulement indifférentes, aux amis cruels qui nous ont causé du chagrin. Ils ont dévasté notre cœur, aujourd'hui jonché de débris méconnaissables, ils ont déraciné les troncs et mutilé les plus délicates branches, comme un vent désolé, mais qui sema quelques bons grains pour une moisson incertaine.

En brisant tous les petits bonheurs qui nous cachaient notre grande misère, en faisant de notre cœur un nu préau mélancolique, ils nous ont permis de le contempler enfin et de le juger. Les pièces tristes nous font un bien semblable; aussi faut-il les tenir pour bien supérieures aux gaies, qui trompent notre faim au lieu de l'assouvir: le pain qui doit nous nourrir est amer. Dans la vie heureuse, les destinées de nos semblables ne nous apparaissent pas dans leur réalité, que l'intérêt les masque ou que le désir les transfigure. Mais dans le détachement que donne la souffrance, dans la vie, et le sentiment de la beauté douloureuse, au théâtre, les destinées des autres hommes et la nôtre même font entendre enfin à notre âme attentive l'éternelle parole inentendue de devoir et de vérité. L'œuvre triste d'un artiste véritable nous parle avec cet

상심(傷心)의 일시적인 효과

　우리에게 행복감을 주는 사람들에게 감사하자. 그들은
우리들의 영혼을 꽃피우는 멋진 정원사들이니까. 하지만
우리가 더 고마워해야 할 이들은 우리에게 무관심하거나
냉혹하게 대했던 여인들이며, 또는 마음에 상처를 준 잔인한
친구들이다. 그들은 우리의 심장을 조각조각 내어 황폐하게
만들어 버렸다. 나무줄기를 통째로 뿌리 뽑고, 자잘한
가지들마저 쳐 버린 그들은 마치 수확을 확신할 수는
없지만 질 좋은 씨앗을 몇 개 뿌려 놓은 모진 바람과 같은
존재다.

　커다란 불행을 가려 주고 있던 소소한 행복들을 모두
부숴 버리고, 우리의 마음을 우울하고 헐벗은 황야로
만들면서, 그들은 우리가 스스로의 마음을 들여다보고
성찰하게 부추긴다. 슬픈 연극들도 우리에게 유사한 자선을
베풀어 준다. 희극은 우리의 허기를 채워 주는 대신 잠시
잊게 할 뿐이기에, 재미있기만 한 작품들보다 비극이 한 수
위인 셈이다. 인간을 자라게 하는 빵이란 그 맛이 쓰디쓴
법. 삶이 만족스러울 때에는 인간의 운명이 있는 그대로
드러나지 않는데, 이해관계가 이를 가리고 있거나 욕망에
의해 변형되었기 때문이다. 그러나 일상에서 고통 때문에
혼미하거나 또는 극장에서 비장한 감정에 빠져 있을 때에는,
극중 인물의 운명뿐만 아니라 자기 자신의 운명이 우리가
이전에는 들어 본 적 없는 본분과 진실의 영원한 말씀을

accent de ceux qui ont souffert, qui forcent tout homme qui a souffert à laisser là tout le reste et à écouter.

Hélas! ce que le sentiment apporta, ce capricieux le remporte et la tristesse plus haute que la gaieté n'est pas durable comme la vertu. Nous avons oublié ce matin la tragédie qui hier soir nous éleva si haut que nous considérions notre vie dans son ensemble et dans sa réalité avec une pitié clairvoyante et sincère. Dans un an peut-être, nous serons consolés de la trahison d'une femme, de la mort d'un ami. Le vent, au milieu de ce bris de rêves, de cette jonchée de bonheurs flétris a semé le bon grain sous une ondée de larmes, mais elles sécheront trop vite pour qu'il puisse germer.

Après l' Invitée *de M. de Curel.*

경청하도록 이끈다. 진정한 비극은 괴로움에 몸부림치는 사람(고통받는 이들에게 바로 그곳에 모든 짐을 내려놓고 단지 들으라고 강권한다.)의 그 억양으로 우리에게 말을 건넨다.

아아! 감정은 변덕스러워서 주었던 것을 도로 빼앗아 가는데, 기쁨보다 고귀한 슬픔이라지만 그 효력은 지속되지 않는 법. 아침이 오면 어젯밤 우리를 그토록 고양시켜서 혜안 있고 진정 어린 동정심으로 우리네 삶을 전체적으로 살펴보게 했던 그 비극은 전혀 기억하지 못하게 된다. 어쩌면 꼬박 1년이 지나서야 우리는 어느 여인의 배반이나, 친구의 죽음을 위로받을 수 있을지도 모른다. 꿈이 산산이 깨지고 시들어 버린 행복이 흩어지는 와중에, 눈물이 소나기 되어 내릴 때 바람은 튼실한 씨앗을 뿌려 주었으나, 싹을 틔우기에는 눈물이 너무 일찍 말라 버리기 때문에.

드퀴렐 씨(氏)[1]의 「초대받은 여인」 관람 후에.

---

1 프루스트는 1893년 프랑수아 드퀴렐(1854~1928)의 연극 「초대받은 여인」의 초연을 보았다. 20년 만에 가족을 만나는 여주인공 안나의 드라마다.

ÉLOGE
DE LA MAUVAISE MUSIQUE

Détestez la mauvaise musique, ne la méprisez pas. Comme on la joue, la chante bien plus, bien plus passionnément que la bonne, bien plus qu'elle elle s'est peu à peu remplie du rêve et des larmes des hommes. Qu'elle vous soit par là vénérable. Sa place, nulle dans l'histoire de l'Art, est immense dans l'histoire sentimentale des sociétés. Le respect, je ne dis pas l'amour, de la mauvaise musique n'est pas seulement une forme de ce qu'on pourrait appeler la charité du bon goût ou son scepticisme, c'est encore la conscience de l'importance du rôle social de la musique. Combien de mélodies, de nul prix aux yeux d'un artiste, sont au nombre des confidents élus par la foule des jeunes gens romanesques et des amoureuses. Que de « bagues d'or », de « Ah! reste longtemps endormie », dont les feuillets sont tournés chaque soir en tremblant par des mains justement célèbres, trempés par les plus beaux yeux du monde de larmes dont le maître le plus pur envierait le mélancolique et voluptueux tribut, — confidentes ingénieuses et inspirées qui ennoblissent le chagrin et exaltent le rêve, et en échange du secret ardent qu'on leur confie donnent l'enivrante illusion de la beauté. Le peuple, la bourgeoisie, l'armée, la noblesse, comme ils ont les mêmes facteurs, porteurs du deuil qui les frappe ou du bonheur qui les comble, ont les mêmes invisibles

저속한 음악에 대한 찬사

　저속한 음악을 싫어할지언정 경멸하지는 말 것. 고급
음악보다 더 열정적으로 사람들이 연주하고 노래한다면,
조금씩 사람들의 꿈과 눈물로 채워지기 마련이다. 이쯤
되면 저속한 음악도 당신이 존중할 만한 것이 되고 만다.
그 위치가 예술사 속에서는 하찮더라도, 인간들 감정의
역사에서는 굉장한 역할을 하게 된다. 저속한 음악에 대한
존중(사랑이라고까지 말하지는 않겠지만)은 단지 좋은
취향에 대한 선호이거나 그것에 대한 불신이라 부를 만한
것의 한 형태일 뿐만 아니라, 음악의 사회적 역할이 얼마나
중요한지에 대한 자각이기도 하다.
　얼마나 많은 유행가들이 비록 어떤 예술가의 눈에는
값어치가 전혀 없어 보일지라도, 공상적인 젊은이들과
사랑하는 사람들 무리에게 선택되어 속내 이야기를 들려주고
있는가. 「황금 반지」와 「사랑하는 여인이여! 오랫동안 잠들라」
같은 유의 수많은 악보들이 매일 밤 명사(名士)들의 떨리는
손으로 넘겨지고, 더할 나위 없이 아름다운 가인(佳人)들의
눈물로 적셔진다.(작곡가가 순수할수록 눈물이라는 우울하고
관능적인 조공을 탐낼 터이니.) 재치 있고 감정이 풍부하며
친근하게 구는 여인네들은 고통을 고귀하게 만들고 꿈을
고양시키며, 사람들이 그녀들에게 털어놓은 뜨거운 비밀을
전파함으로써 아름다움에 관한 열광적인 환상을 일으킨다.
　서민들이나 부유층, 군인이나 귀족들 너나 할 것 없이

messagers d'amour, les mêmes confesseurs bien-aimés. Ce sont les mauvais musiciens. Telle fâcheuse ritournelle, que toute oreille bien née et bien élevée refuse à l'instant d'écouter, a reçu le trésor de milliers d'âmes, garde le secret de milliers de vies, dont elle fut l'inspiration vivante, la consolation toujours prête, toujours entrouverte sur le pupitre du piano, la grâce rêveuse et l'idéal. Tels arpèges, telle « rentrée » ont fait résonner dans l'âme de plus d'un amoureux ou d'un rêveur les harmonies du paradis ou la voix même de la bien-aimée. Un cahier de mauvaises romances, usé pour avoir trop servi, doit nous toucher comme un cimetière ou comme un village. Qu'importe que les maisons n'aient pas de style, que les tombes disparaissent sous les inscriptions et les ornements de mauvais goût. De cette poussière peut s'envoler, devant une imagination assez sympathique et respectueuse pour taire un moment ses dédais esthétiques, la nuée des âmes tenant au bec le rêve encore vert qui leur faisait pressentir l'autre monde, et jouir ou pleurer dans celui-ci.

엄습하는 죽음이나 즐겁게 해 줄 행복을 운반해 주는
배달부가 같듯이, 그들은 눈에 보이지는 않지만 동일한
사랑 배달꾼과 가장 좋아하는 동일한 고해 청취자를 갖고
있다. 이들은 다름 아닌 저속한 음악을 만드는 자들이다.
태생이 훌륭하고 교육까지 잘 받은 모든 귀들은 당장
듣기를 사양하는 거북스러운 상투적 노래이지만, 무수한
사람들의 소중한 마음을 얻었고, 수많은 삶의 비밀을 그
안에 간직하고 있다. 이 곡은 그들의 생생한 영감이자,
언제나 피아노 보면대 위에 펼쳐진 채 항상 준비되어 있는
위안이며, 우아한 꿈이고 이상이었다.

　이런 분산 화음, 이런 주제 반복은 사랑에 빠진
몽상가들의 영혼 속에서 천국의 하모니 또는 사랑하는
여인의 음성마저 울려 퍼지게 만든다. 너무 자주 써서 낡아
버린, 저속한 연가들이 가득 적힌 노트는 공동묘지나 고향
마을처럼 우리를 감동시킬 수밖에 없다. 집들이 모양새가
없다거나, 무덤들이 형편없는 취향의 묘비명이나 장식물
아래에서 사그라지는 것은 중요한 일이 아니다. 자신의
미학적 멸시를 한순간이라도 잠재울 수 있는 동조적이고
겸허한 상상력을 만나게 되면, 이런 먼지로부터 영혼의 한
무리가 날아오를 수도 있는 것이다. 이때 영혼들은 다른
세상을 예감하게 해 주고, 그곳에서 희로애락을 맛보게 해
줄 여전히 푸른 꿈을 입에 물고 있으리라.

RENCONTRE AU BORD DU LAC

Hier, avant d'aller dîner au Bois, je reçus une lettre d'Elle, qui répondait assez froidement après huit jours à une lettre désespérée, qu'elle craignait de ne pouvoir me dire adieu avant de partir. Et moi, assez froidement, oui, je lui répondis que cela valait mieux ainsi et que je lui souhaitais un bel été. Puis, je me suis habillé et j'ai traversé le Bois en voiture découverte. J'étais extrêmement triste, mais calme. J'etais résolu à oublie, j'avais pris mon parti: c'était une affaire de temps.

Comme la voiture prenait l'allée du lac, j'aperçus au fond même du petit sentier qui contourne le lac à cinquante métres de l'allée, une femme seule qui marchait lentement. Je ne la distinguai pas bien d'abord. Elle me fit un petit bonjour de la main, et alors je la reconnus malgré la distance qui nous séparait. C'était elle! Je la saluai longuement. Et elle continua à me regarder comme si elle avait voulu me voir m'arrêter et la prendre avec moi. Je n'en fis rien, mais je sentis bientôt une émotion presque extérieure s'abattre sur moi, m'étreindre fortement. « Je l'avais bien deviné, m'écriai-je. Il y a une raison que j'ignore et pour laquelle elle a toujours joué l'indifférence. Elle m'aime, chére àme. » Un bonheur infini, une invincible certitude m'envahirent, je me sentis défaillir et j'éclatai en sanglots. La voiture approchait d'Armenonville, j'essuyai mes

호반에서의 조우

어제 불로뉴 숲으로 저녁 식사를 하러 나가기 직전에 그녀로부터 편지 한 통이 도착하였다. 필사적으로 매달리는 내 편지에 대해 일주일이나 지난 후에야, 작별 인사도 못 하고 떠날 것 같다는 냉랭한 말투의 답장을 보낸 것이다. 그래서 나는 마음을 가다듬고, 차라리 그러는 편이 더 낫겠다며 멋진 여름을 보내라고 아무렇지도 않은 척 답신을 보냈다. 그러고는 정장을 차려 입고 무개(無蓋) 마차에 올라타 불로뉴 숲을 가로질러 갔다. 너무나 슬펐지만 도리어 심정은 차분해져 갔다. 일단 잊자고 결심을 하니, 이제는 시간의 문제로 체념하고 받아들인 셈이다.

마차가 호숫길로 접어들 무렵, 큰길에서 얼마간 떨어져 호수를 우회하는 작은 오솔길 끝에 천천히 홀로 걷고 있는 여인이 눈에 띄었다. 처음에는 잘 알아보지 못했다. 그녀가 내게 손짓으로 조심스레 인사를 건넸고, 나는 꽤나 떨어져 있었어도 그제야 누군지 알아보았다. 바로 그녀였던 것이다. 나는 천천히 답례를 했다. 그녀는 계속해서 나를 쳐다보았는데, 마치 내가 마차를 멈추고 자신을 태워 주기를 바라는 것만 같았다. 나는 응대하지는 않았지만, 순간 남들도 눈치챌 정도의 흥분이 강하게 나를 사로잡는 것을 느꼈다. "짐작하고 있었지. 내가 모르는 어떤 이유 때문에 그녀는 언제나 무심한 척했던 거야. 그녀는 나를 사랑하고 있어!"라고 나는 소리를 질렀다. 무한한 행복감과

yeux et devant eux passait, comme pour sécher aussi leurs larmes, le doux salut de sa main, et sur eux se fixaient ses yeux doucement interrogateurs, demandant à monter avec moi.

J'arrivai au dîner radieux. Mon bonheur se répandait sur chacun en amabilité joyeuse, reconnaissante et cordiale, et le sentiment que personne ne savait quelle main inconnue d'eux, la petite main qui m'avait salué, avait allumé en moi ce grand feu de joie dont tous voyaient le rayonnement, ajoutait à mon bonheur le charme des voluptés secrètes. On n'attendait plus que Mme de T... et elle arriva bientôt. C'est la plus insignifiante personne que je connaisse, et malgré qu'elle soit plutôt bien faite, la plus déplaisante. Mais j'étais trop heureux pour ne pas pardonner à chacun ses défauts, ses laideurs, et j'allai à elle en souriant d'un air affectueux.

« Vous avez été moins aimable tout à l'heure, dit-elle.

— Tout à l'heure! dis-je étonné, tout à l'heure, mais je ne vous ai pas vue.

— Comment! Vous ne m'avez pas reconnue? Il est vrai que vous étiez loin; je longeais le lac, vous êtes passé fièrement en voiture, je vous ai fait bonjour de la main et j'avais bien envie de monter avec vous pour ne pas être en retard.

— Comment, c'était vous! m'écriai-je, et j'ajoutai plusieurs

물리칠 수 없는 확신에 사로잡혀 어지러워진 나는 흐느껴 울었다. 마차가 아르므농빌에 이르러 눈물을 닦아 내는데, 내 눈물을 말려 주려는 듯한 그녀의 감미로운 손짓이 눈에 선했고, 내 차에 타기를 원하며 조심스레 물어 오던 눈길이 마음에서 떠나지 않았다.

나는 멋진 만찬장에 도착했다. 내 행복감은 그곳에 참석한 모든 이에게 즐겁고 고마워하는 마음에서 우러나오는 상냥함이 되어 햇살처럼 퍼져 나갔다. 내게 인사했던 그 작은 손이라는, 그들이 전혀 알 수 없는 어떤 손길이 내 마음속에 이런 큰 기쁨의 불길을 지폈다는 생각에 내 기쁨은 은밀한 관능적 매력을 풍겼으리라. 손님 중에서 마지막으로 T 부인이 도착했는데, 그녀의 외모는 꽤 괜찮았지만 내 마음에 들지 않았기에 별 의미 없는 인물이었다. 하지만 나는 너무나 행복한 나머지 남들의 결점과 추함을 눈감아 주었고, 그녀에게조차 애정 어린 태도로 미소 지으며 다가갔다.

"조금 전 당신은 친절하지 않더군요." 그녀가 말했다.

"조금 전이라, 저는 조금 전에 당신을 보지 못했는데요." 내가 놀라서 답했다.

"어쩜 이럴 수가! 당신이 나를 못 알아보았다고요? 하기는 멀리 떨어져 있었지요. 호숫가를 걷고 있었는데 마차를 탄 당신이 의기양양하게 지나가기에, 만찬에 늦지 않으려고

fois avec désolation: Oh! je vous demande bien pardon, bien pardon!

— Comme il a l'air malheureux! Je vous fais mon compliment, Charlotte, dit la maîtresse de la maison. Mais consolez-vous donc puisque vous êtes avec elle maintenant! »

J'étais terassé, tout mon bonheur était détruit.

Eh bien! le plus horrible est que cela ne fut pas comme si cela n'avait pas été. Cette image aimante de celle qui ne m'aimait pas, même après que j'eus reconnu mon erreur, changea pour longtemps encore l'idée que je me faisais d'elle. Je tentai un raccommodement, je l'oubliai moins vite et souvent dans ma peine, pour me consoler en m'efforçant de croire que c'étaient les siennes comme je l'avais senti tout d'abord, je fermais les yeux pour revoir ses petites mains qui me disaient bonjour, qui auraient si bien essuyé mes yeux, si bien rafraîchi mon front, ses petites mains gantées qu'elle tendait doucement au bord du lac comme de frêles symboles de paix, d'amour et de réconciliation pendant que ses yeux tristes et interrogateurs semblaient demander que je la prisse avec moi.

내가 손짓해 불렀지요. 당신 차를 좀 얻어 타고 가려고요."

"아니, 그게 당신이었다고요?" 내가 소리쳤다. 그러고 나서 미안해하며 여러 차례 덧붙였다. "오! 용서를, 용서를 빕니다!"

보다 못한 안주인이 "그가 몹시 불쌍해 보입니다! 샤를로트, 그만하시지요. 그리고 선생, 어쨌든 그녀도 잘 도착했으니 마음 놓으세요!"

내 모든 행복이 파괴되어 버려 나는 낙담하고 말았다.

그랬군! 최악이란, 마치 그렇지 않은 척 보이려고 애쓰지만 실제로도 그렇지 않은 상황일 게다. 나를 사랑하지 않은 여성에 대해 품은 이런 정겨운 이미지 때문에, 오해한 것을 알고 난 이후에도 여전히, 그녀가 나를 버렸다는 것이 사실이 아니라고 오랫동안 착각했다. 이것은 고통스럽기는 하지만 가능한 한 천천히 그녀를 잊으려고 내가 시도한 일종의 치유책이었다. 손 인사를 건네며, 그토록 다정히 눈물을 닦아 주고 내 이마를 식혀 주었을 그녀의 귀여운 두 손을 다시 그려 보려고 눈을 감을 때면 호숫가에서의 일처럼 이것은 그녀의 손길이라고 애써 믿어 버림으로써 나는 위안을 삼는 것이다. 평화와 되돌아온 사랑의 덧없는 상징 같은 장갑 낀 작은 손을 우아하게 내밀 때, 호소하는 듯한 슬픈 두 눈은 내가 자기를 데려가 주기를 원하는 것 같았다고 혼자 흡족해하면서.

XV

Comme un ciel sanglant avertit le passant: là il y a un incendie; certes, souvent certains regards embrasés dénoncent des passions qu'ils servent seulement à réfléchir. Ce sont les flammes sur le miroir. Mais parfois aussi des personnes indifférentes et gaies ont des yeux vastes et sombres ainsi que des chagrins, comme si un filtre était tendu entre leur âme et leurs yeux et si elles avaient pour ainsi dire « passé » tout le contenu vivant de leur âme dans leurs yeux. Désormais, échauffée seulement par la ferveur de leur égoïsme, — cette sympathique ferveur de l'égoïsme qui attire autant les autres que l'incendiaire passion les éloigne, — leur âme desséchée ne sera plus que le palais factice des intrigues. Mais leurs yeux sans cesse enflammés d'amour et qu'une rosée de langueur arrosera, lustrera, fera flotter, noiera sans pouvoir les éteindre, étonneront l'univers par leur tragique flamboiement. Sphères jumelles désormais indépendantes de leur âme, Sphères d'amour, ardents satellites d'un monde à jamais refroidi, elles continueront jusqu'à leur mort de jeter un éclat insolite et décevant, faux prophètes, parjures aussi qui promettent un amour que leur cœur ne tiendra pas.

두 눈이 하는 약속

불타오르는 하늘이 실제로는 저 먼 곳의 화재를 비출 뿐이듯, 이글거리는 눈빛이 단지 거울 속 반사에 지나지 않을 때가 있다. 때로는 쾌활하거나 무심한 사람들 역시 고통에 찬 깊숙하고 어두운 두 눈을 가지기도 한다. 마치 그들의 영혼과 눈 사이에 어떤 필터가 있어, 자기 영혼의 모든 생생한 내용을 두 눈 안에서 여과시킨 듯하다. 이들은 자신의 이기심이라는 열정에 의해서만 자극을 받는다. 이기심이라는 것은 타인의 공감을 쉽게 얻어 내지만, 그 불길 같은 정열은 공포감을 주고 남들을 멀리 내모는 법. 하여 이들의 말라 버린 영혼은 음모로 가득 찬 가짜 궁전일 뿐이리라.

사랑으로 끊임없이 타오르는 그들의 눈은 이슬 한 방울로도 촉촉해져서 눈물에 둥둥 떠다니거나 잠기기도 하면서 반짝거린다. 그러나 꺼지지 않는 그 눈빛은 때로는 비극적 불길로 세상을 경악하게 할 수 있다. 영혼의 소리를 따르지 않는 두 개의 쌍둥이 구체(球體). 영원히 식어 버린 우주 속 뜨거운 위성들인 이 사랑의 눈동자들은 생명이 다할 때까지 계속해서 기만하는 광채를 엉뚱하게 뿜어낼 것이다. 마치 가짜 예언처럼, 마음에서 우러나오지 않는 사랑을 약속하는 거짓 맹세 같구나.

L'ÉTRANGER

Dominique s'était assis près du feu éteint en attendant ses convives. Chaque soir, il invitait quelque grand seigneur à venir souper chez lui avec des gens d'esprit, et comme il était bien né, riche et charmant, on ne le laissait jamais seul. Les flambeaux n'étaient pas encore allumés et le jour mourait tristement dans la chambre. Tout à coup, il entendit une voix lui dire, une voix lointaine et intime lui dire: « Dominique » — et rien qu'en l'entendant prononcer, prononcer si loin et si près: « Dominique », il fut glacé par la peur. Jamais il n'avait entendu cette voix, et pourtant la reconnaissait si bien, ses remords reconnaissaient si bien la voix d'une victime, d'une noble victime immolée. Il chercha quel crime ancien il avait commis, et ne se souvint pas. Pourtant l'accent de cette voix lui reprochait bien un crime, un crime qu'il avait sans doute commis sans en avoir conscience, mais dont il était responsable, — attestaient sa tristesse et sa peur. — Il leva les yeux et vit, debout devant lui, grave et familier, un étranger d'une allure vague et saisissante. Dominique salua de quelques paroles respectueuses son autorité mélancolique et certaine.

« Dominique, serais-je le seul que tu n'inviteras pas à souper? Tu as des torts à réparer avec moi, des torts anciens. Puis, je t'apprendrai à te passer des autres qui, quand tu seras vieux, ne

낯선 사람

도미니크는 식사에 초대한 사람들을 기다리면서
꺼진 불가에 앉아 있었다. 그는 매일 밤 자기 집에서
재사(才士)들과 함께하는 밤참을 들러 오라고 귀인(貴人)을
초대하고는 했다. 가문이 좋고 부유하며 매력이 있었기에,
사람들은 도미니크를 결코 혼자 두지 않았다. 아직
관솔불을 밝히지는 않았고, 석양은 방 안에서 슬프게
지고 있었다. 갑자기 말을 거는 어떤 목소리, 아득하며
내밀한 목소리가 들렸다: "도미니크" 그토록 멀고도 가까이
그의 이름을 부르는 소리만이 들렸다: "도미니크", 그는
두려움에 얼어붙었다. 이전에 결코 이 목소리를 들어 본
적이 없었지만, 그는 금방 알아차렸다. 제물로 바쳐진 고귀한
희생자의 목소리를 알아들은 것은 그의 회한 때문이었다.
기억나지는 않지만 자신이 과거에 어떤 죄를 범했는지
헤아려 보았다. 하지만 이 목소리의 억양은 그가 의식하지는
못하였지만 틀림없이 저질러서 자신에게 책임이 있는(그가
슬퍼하고 무서워한다는 사실로 입증되는) 어떤 죄과로 그를
나무라고 있었다. 그는 눈길을 들어 자기 앞에 엄숙하고도
익숙하게 서 있는, 윤곽은 어렴풋하지만 소름 끼치는 거동의
낯선 남자를 보았다. 도미니크는 이 사람의 음울하지만
분명한 권위에 눌려 몇 마디 존경의 말로 인사했다.
  "도미니크, 자네가 밤참에 초대하지 않을 유일한 사람이
나란 말인가? 자네는 나에게 사죄할 옛날에 저지른

viendront plus.

— Je t'invite à souper, répondit Dominique avec une gravité affectueuse qu'il ne se connaissait pas.

— Merci », dit l'étranger.

Nulle couronne n'était inscrite au chaton de sa bague, et sur sa parole l'esprit n'avait pas givré ses brillantes aiguilles. Mais la reconnaissance de son regard fraternel et fort enivra Dominique d'un bonheur inconnu.

« Mais si tu veux me garder auprès de toi, il faut congédier tes autres convives. »

Dominique les entendit qui frappaient à la porte. Les flambeaux n'étaient pas allumés, il faisait tout à fait nuit.

« Je ne peux pas les congédier, répondit Dominique, *je ne peux pas être seul*.

— En effet, avec moi, tu serais seul, dit tristement l'étranger. Pourtant tu devrais bien me garder. Tu as des torts anciens envers moi et que tu devrais réparer. Je t'aime plus qu'eux tous et t'apprendrais à te passer d'eux, qui, quand tu seras vieux, ne viendront plus.

— Je ne peux pas », dit Dominique.

Et il sentit qu'il venait de sacrifier un noble bonheur, sur l'ordre d'une habitude impérieuse et vulgaire, qui n'avait plus

잘못들이 있지. 게다가 늦게 되면 더 이상 찾아오지 않을 그런 사람들 없이도 지내는 법을 내 자네에게 가르쳐 줄 텐데 말이야."

"당신을 밤참에 초대하지요." 도미니크는 평소 없던 애정 어린 진지함으로 대답했다.

"고맙군." 낯선 사람이 말했다.

그가 낀 반지의 테에는 가문의 문장(紋章)인 왕관도 새겨져 있지 않았으며, 그의 언변에는 재기(才氣)로 빛을 발하는 바늘 같은 예리함도 배어 있지 않았다. 그러나 그의 우정 어린 강한 시선을 알아보고 도미니크는 알 수 없는 행복감에 도취되었다.

"그런데 자네 곁에 내가 있으려면, 자네가 청한 다른 사람들은 돌려보내야 한다네."

도미니크는 바로 이때 사람들이 문 두드리는 소리를 들었다. 관솔불이 밝혀져 있지 않아서, 아주 깜깜했다.

"나는 그들을 내보낼 수 없어요." 도미니크가 대답했다. "나는 혼자 있을 수 없어요."

"사실, 나와 함께라면 자네는 혼자인 셈이지." 낯선 자가 슬프게 말했다. "하지만 자네는 나를 꽉 붙잡아 두어야 할 걸세. 내게 속죄해야만 할 오래된 과오들이 있지 않은가. 다른 사람들보다 이 몸이 자네를 더 사랑하지. 자네가 늦게 되면 더 이상 찾아오지 않을 그런 사람들 없이 지내는 법을

même de plaisirs à dispenser comme prix à son obéissance.

« Choisis vite », reprit l'étranger suppliant et hautain.

Dominique alla ouvrir la porte aux convives, et en même temps il demandait à l'étranger sans oser détourner la tête:

« Qui donc es-tu? »

Et l'étranger, l'étranger qui déjà disparaissait, lui dit:

« L'habitude à qui tu me sacrifies encore ce soir sera plus forte demain du sang de la blessure que tu me fais pour la nourrir. Plus impérieuse d'avoir été obéie une fois de plus, chaque jour elle te détournera de moi, te forcera à me faire souffrir davantage. Bientôt tu m'auras tué. Tu ne me verras plus jamais. Et pourtant tu me devais plus qu'aux autres, qui, dans des temps prochains, te délaisseront. Je suis en toi et pourtant je suis à jamais loin de toi, déjà je ne suis presque plus. Je suis ton âme, je suis toi-même. »

Les convives étaient entrés. On passa dans la salle à manger et Dominique voulut raconter son entretien avec le visiteur disparu, mais devant l'ennui général et la visible fatigue du maître de la maison à se rappeler un rêve presque effacé, Girolamo l'interrompit à la satisfaction de tous et de Dominique lui-même en tirant cette conclusion:

« Il ne faut jamais rester seul, la solitude engendre la

가르쳐 주겠네."

"그럴 수 없어요." 도미니크가 말했다.

천박하지만 거역 못 할 습관을 따르는 대가로 그는 지금 막 고귀한 행복을 희생했다고 느꼈다. 그 습관이라는 것이 이제는 더 이상 쾌락을 주지도 못하는데 말이다.

"어서 선택하게." 낯선 사람이 애원하면서도 거만하게 되받았다.

도미니크는 손님들에게 문을 열어 주러 가면서, 감히 고개를 딴 데로 돌리지 못한 채 낯선 사람에게 물었다.

"당신은 도대체 누구십니까?"

그러자 그 낯선 사람은 어느덧 자취를 감추면서 말했다.

"여전히 오늘 밤에도 나를 희생시키는 자네의 습관은, 내 상처의 피를 먹고 내일이면 더욱 강력해질 걸세. 한 번 더 따를수록 더욱 고질적으로 되는 이 습관은 나날이 내게서 자네를 떼어 놓을 것이고, 자네로 하여금 나를 더욱 괴롭히게 만들겠지. 곧 자네는 나를 죽이고야 말 걸세. 그렇게 되면 더 이상 나를 영원히 보지 못할 거야. 그런데 조만간 자네를 저버리게 될 다른 사람들에게보다 내게 빚이 더 많지 않은가. 나는 자네 안에 있지만 점점 멀어져서, 이미 더 이상은 존재한다고 할 수도 없어. 나는 말일세, 자네의 영혼이자 자네 자신이야."

이미 집 안에 들어온 회식자들이 식당을 지나갔고,

mélancolie. »

Puis on se remit à boire; Dominique causait gaiement mais sans joie, flatté pourtant de la brillante assistance.

도미니크는 사라진 방문객과 나눈 대화에 관해 이야기하고
싶어졌다. 그러나 거의 지워져 버린 꿈을 기억해 내려고
애쓰는 집주인은 피로감이 역력했고, 손님들 모두
권태로워하자 그중 한 사람인 지롤라모가 그를 말렸다. 결국
모든 이들과 더불어 도미니크도 만족해하면서 다음과 같은
결론을 이끌어 냈다.

"결코 홀로 남겨져서는 안 돼. 고독이 우울을 만들어
낸다니까."

그러고는 사람들은 다시 마시기 시작했다. 도미니크는
쾌활하게 이야기를 나누었지만 기쁘지 않았다. 다만 재치
있는 사람들과의 합석에 우쭐해했다.

RÊVE

Je n'ai aucun effort à faire pour me rappeler quelle était samedi (il y a quatre jours) mon opinion sur Mme Dorothy B... Le hasard a fait que précisément ce jour-là on avait parlé d'elle et je fus sincère en disant que je la trouvais sans charme et sans esprit. Je crois qu'elle a vingt-deux ou vingt-trois ans. Je la connais du reste très peu, et quand je pensais à elle, aucun souvenir vif ne revenant affleurer à mon attention, j'avais seulement devant les yeux les lettres de son nom.

Je me couchai samedi d'assez bonne heure. Mais vers deux heures le vent devint si fort que je dus me relever pour fermer un volet mal attaché qui m'avait réveillé. Je jetai, sur le court sommeil que je venais de dormir, un regard rétrospectif et me réjouis qu'il eût été réparateur, sans malaise, sans rêves. À peine recouché, je me rendormis. Mais au bout d'un temps difficile à apprécier, je me réveillai peu à peu, ou plutôt je m'éveillai peu à peu au monde des rêves, confus d'abord comme l'est le monde réel à un réveil ordinaire, mais qui se précisa. Je me reposais sur la grève de Trouville qui était en même temps un hamac dans un jardin que je ne connaissais pas, et une femme me regardait

꿈

"너는 나를 위해 눈물을 흘렸고, 내 입술은
그것을 마셨다."[1]

아나톨 프랑스

    나흘 전인 토요일까지 도로시 B 부인에 대한 내 견해는 지금 생각해 봐도 너무나 분명하였다. 우연히 바로 그날 사람들과 그녀 이야기를 했고, 그녀가 매력도 재치도 없다고 진심으로 말했던 것이다. 추측컨대 그녀는 스물둘 아니면 스물세 살이다. 게다가 나는 그녀에 대해 거의 알지 못하며, 그녀를 떠올릴 때면 내 관심을 *끄는* 그 어떤 생생한 추억도 없었고, 단지 눈앞에 그녀의 이름자만 보일 뿐이었다.

    그 토요일 밤 나는 꽤 이른 시간에 잠자리에 들었다. 그런데 2시경 바람이 너무 세차게 불어 덜컹거리는 덧문 소리에 잠이 깼고, 문을 잘 닫으러 자리에서 일어나야만 했다. 그때까지 취한 수면은 짧았지만, 꿈도 꾸지 않고 편안히 잤기에 몸이 가뿐했다. 다시 눕자마자 나는 잠이 들어 버렸다. 그러나 얼마나 시간이 지났을까, 조금씩 깨어났다. 아니, 차라리 조금씩 꿈의 세계로 눈을 떠 갔다고 할 수 있는데, 보통 잠에서 깨며 현실로 돌아올 때 그러하듯 처음에는 어렴풋했지만 점차 또렷해졌다. 트루빌의 백사장 위에서, 또는 알지 못할 정원 안에서 해먹에 누운 나를 어떤 여자 하나가 부드러운 시선으로 뚫어지게 바라보고 있었다. 도로시 B 부인이었다.

avec une fixe douceur. C'était Mme Dorothy B... Je n'étais pas plus surpris que je ne le suis le matin au réveil en reconnaissant ma chambre. Mais je ne l'étais pas davantage du charme surnaturel de ma compagne et des transports d'adoration voluptueuse et spirituelle à la fois que sa présence me causait. Nous nous regardions d'un air entendu, et il était en train de s'accomplir un grand miracle de bonheur et de gloire dont nous étions conscients, dont elle était complice et dont je lui avais une reconnaissance infinie. Mais elle me disait:

« Tu es fou de me remercier, n'aurais-tu pas fait la même chose pour moi? »

Et le sentiment (c'était d'ailleurs une parfaite certitude) que j'aurais fait la même chose pour elle exaltait ma joie jusqu'au délire comme le symbole manifeste de la plus étroite union. Elle fit, du doigt, un signe mystérieux et sourit. Et je savais, comme si j'avais été à la fois en elle et en moi, que cela signifiait: « Tous tes ennemis, tous tes maux, tous tes regrets, toutes tes faiblesses, n'est-ce plus rien? » Et sans que j'aie dit un mot elle m'entendait lui répondre qu'elle avait de tout aisément été victorieuse, tout détruit, voluptueusement magnétisé ma souffrance. Et elle se rapprocha, de ses mains me caressait le cou, lentement relevait mes moustaches. Puis elle me dit:

그때도 꽤나 놀랐지만, 다음 날 아침 잠에서 깨어 내 방인 것을 알고 더욱 놀랐다. 하지만 제일 놀라운 것은 이 여인의 초자연적인 매력이었다. 그녀의 존재가 나에게 관능적이면서도 정신적인 열정의 흥분을 불러일으켰던 것이다. 우리는 서로를 잘 아는 듯 응시했고, 그녀가 공모자인(이 점에 대해 나는 그녀에게 무한히 감사했다.) 어떤 행복과 영광의 위대한 기적이 완성되어 가고 있음을 함께 느꼈다. 그녀가 물었다. "내게 고마워하는 것은 당치 않은 일, 당신도 나를 위해 이렇게 해 주지 않았겠어요?"

　그러자 그녀를 위해서라면 나도 마찬가지로 했을 거라는 분명한 확신은 내 기쁨을 고양해서, 가장 완전한 결합의 명백한 상징이라 할 희열로까지 몰아갔다. 그녀는 미소 지으며 손가락으로 신비한 신호를 했다. 마치 이심전심으로 자기와 마음이 통하는 것처럼, 이것이 "당신을 괴롭히는 모든 적들, 고통들, 후회들, 약점들은 더 이상 별것도 아니잖아요?"를 의미하는 것임을 나는 알 수 있었다. 그리고는 내가 입도 벙긋하지 않았는데도, 내 고통에 관능적인 최면을 걸어 이 모든 것을 쉽사리 쳐부수며 그녀가 승리했다는 나의 보고를 그녀는 마음속으로 듣는 것이었다. 이윽고 그녀가 다가와 두 손으로 내 목을 애무하며, 천천히 내 콧수염을 쓸어 올렸다. 그리고 나서 그녀는 "이제 우리 다른 사람이 되어 새로운 삶을 느껴

« Maintenant allons vers les autres, entrons dans la vie. » Une joie surhumaine m'emplissait et je me sentais la force de réaliser tout ce bonheur virtuel. Elle voulut me donner une fleur, d'entre ses seins tira une rose encore close, jaune et rosée, l'attacha à ma boutonnière. Tout à coup je sentis mon ivresse accrue par une volupté nouvelle. C'était la rose qui, fixée à ma boutonnière, avait commencé d'exhaler jusqu'à mes narines son odeur d'amour. Je vis que ma joie troublait Dorothy d'une émotion que je ne pouvais comprendre. Au moment précis où ses yeux (par la mystérieuse conscience que j'avais de son individualité à elle, j'en fus certain) éprouvèrent le léger spasme qui précède d'une seconde le moment où l'on pleure, ce furent mes yeux qui s'emplirent de larmes, de ses larmes, pourrais-je dire. Elle s'approcha, mit à la hauteur de ma joue sa tête renversée dont je pouvais contempler la grâce mystérieuse, la captivante vivacité, et dardant sa langue hors de sa bouche fraîche, souriante, cueillait toutes mes larmes au bord de mes yeux. Puis elle les avalait avec un léger bruit des lèvres, que je ressentais comme un baiser inconnu, plus intimement troublant que s'il m'avait directement touché. Je me réveillai brusquement, reconnus ma chambre et comme, dans un orage voisin, un coup de tonnerre suit immédiatement l'éclair, un

볼까요.˝라고 내게 말했다.

초인간적인 기쁨으로 충만해진 나는 이런 가상의
행복을 실현할 수 있는 힘이 내게 있다고 생각했다. 그녀는
자신의 앞가슴 사이에서 아직 봉오리가 닫혀 있는 노랗고
분홍빛 도는 장미 한 송이를 뽑아 내 양복 단춧구멍에
꽂아 주었다. 새로운 관능에 의해 나의 도취감이 갑자기
증대하였다. 그것은 바로 단춧구멍에 끼워진 장미꽃이 내
콧구멍으로 사랑의 향기를 발산했기 때문이다. 나 자신마저
이해할 수 없던 어떤 감동으로 나는 기쁨에 휩싸였고,
이것이 도로시를 적잖이 당황하게 만들었음에 틀림없다.
그녀의 눈이 가벼운 경련으로 떨렸고 (그녀의 상태에 대해
신기하게도 내가 확실히 알 수 있었기에) 곧바로 울음을
터뜨릴 바로 그 순간에, 그녀의 눈물인 듯 내 두 눈에도
눈물이 가득 차올랐다. 그녀가 다가와 내 뺨 가까이에서
머리를 뒤로 젖혔을 때, 그녀의 신비로운 매력과 마음을
사로잡는 생기를 음미할 수 있었다. 미소를 머금고 그녀가
상큼하게 자신의 혀를 내밀어 내 눈가의 눈물을 모두
핥았다. 그러고는 내 눈물을 가벼운 입술 소리를 내며
삼켰는데, 이 소리는 마치 내 몸에 직접 하는 것보다 더
내면적으로 마음을 흔드는 알 수 없는 입맞춤과도 같았다.
소스라치며 잠이 깬 나는 이곳이 내 방임을 알아차렸다.
뇌우가 아주 가까우면 번개가 번쩍이자마자 곧 천둥소리가

vertigineux souvenir de bonheur s'identifia plutôt qu'il ne la précéda avec la foudroyante certitude de son mensonge et de son impossibilité. Mais, en dépit de tous les raisonnements, Dorothy B... avait cessé d'être pour moi la femme qu'elle était encore la veille. Le petit sillon laissé dans mon souvenir par les quelques relations que j'avais eues avec elle était presque effacé, comme après une marée puissante qui avait laissé derrière elle, en se retirant, des vestiges inconnus. J'avais un immense désir, désenchanté d'avance, de la revoir, le besoin instinctif et la sage défiance de lui écrire. Son nom prononcé dans une conversation me fit tressaillir, évoqua pourtant l'image insignifiante qui l'eût seule accompagné avant cette nuit, et pendant qu'elle m'était indifférente comme n'importe quelle banale femme du monde, elle m'attirait plus irrésistiblement que les maîtresses les plus chères, ou la plus enivrante destinée. Je n'aurais pas fait un pas pour la voir, et pour l'autre « elle », j'aurais donné ma vie. Chaque heure efface un peu le souvenir du rêve déjà bien défiguré dans ce récit. Je le distingue de moins en moins, comme un livre qu'on veut continuer à lire à sa table quand le jour baissant ne l'éclaire plus assez, quand la nuit vient. Pour l'apercevoir encore un peu, je suis obligé de cesser d'y penser par instants, comme on est obligé de fermer

뒤따르듯, 행복에 대한 이 아찔한 추억은 그것이 불가능한 착각에 불과하다는 확신을 섬광처럼 스치게 했다. 하지만 모든 횡설수설에도 불구하고 이제 도로시 B는 나에게 이전의 그 여인이 아니었다. 예전에 그녀와 몇 번 교류한 게 남긴 소소한 흔적들은 내 추억 속에서 거의 지워졌지만, 강력한 조수도 밀려왔다 물러가면서 뒤에 알 수 없는 잔해들을 남기는 법이다.

이제 마술에서 풀려나자 그녀를 다시 보고 싶다는 거대한 욕망, 즉 그녀에게 편지를 쓰려는 본능적 욕구가 일면서도 한편으로는 조심스러운 경계심을 갖게 되었다. 대화 도중 그녀의 이름이 언급될 때마다 나는 움찔했지만, 이전에 그녀 이름에 붙어 다녔던 의미 없이 식상한 이미지도 동시에 떠올랐다. 사교계의 그 흔한 여자들 중 한 명일 뿐인 그녀는 내 관심을 전혀 끌지 못하면서도, 이제는 가장 사랑스러운 정부(情婦)들보다 더 저항할 수 없게끔 운명처럼 나를 사로잡았다. 그녀를 보러 가기 위해서는 한 발도 내디디지 않았을 나이지만, 이 또 다른 '그녀'라면 목숨도 내놓을 판이었다.

그러나 시간이 갈수록 이 꿈 이야기는 점차 변형되어 가고, 추억은 조금씩 지워져 버린다. 어둠이 찾아와 석양빛이 더 이상 충분히 밝혀 주지 못할 때 탁자에 앉아 계속해서 읽고 싶은 책처럼, 그 꿈은 점점 더 구별할 수

d'abord les yeux pour lire encore quelques caractères dans le livre plein d'ombre. Tout effacé qu'il est, il laisse encore un grand trouble en moi, l'écume de son sillage ou la volupté de son parfum. Mais ce trouble lui-même s'évanouira, et je verrai Mme B... sans émotion. À quoi bon d'ailleurs lui parler de ces choses auxquelles elle est restée étrangère.

Hélas! l'amour a passé sur moi comme ce rêve, avec une puissance de transfiguration aussi mystérieuse. Aussi vous qui connaissez celle que j'aime, et qui n'étiez pas dans mon rêve, vous ne pouvez pas me comprendre, n'essayez pas de me conseiller.

없게 되어 갔다. 지금도 조금이나마 꿈을 떠올리려면 그것에 대한 생각을 간간이 멈추어야 하는데, 이는 어둠이 가득한 책갈피에서 여전히 글자 몇 개라도 읽어 내기 위해서는 먼저 두 눈을 꼭 감아야 하는 것과 같은 이치이리라. 꿈은 모두 지워졌지만, 내 안에 여전히 그 항적(航跡)의 거품이나 관능적 향기 같은 커다란 동요를 남겨 놓았다. 하지만 이런 동요마저 조만간 사라질 것이고, 그러면 나는 어떤 감정도 없이 B 부인을 보게 되리라. 게다가 본인과 무관한 이런 것들에 대해 그녀에게 말하는 것이 무슨 소용이 있겠는가.

아아! 그토록 신비롭게 변모하는 이 꿈처럼 사랑이 내 위로 스쳐 지나갔다. 그런데 내가 사랑하는 여인을 알고 있지만 내 꿈속에는 등장하지 않았던 당신들 역시 나를 이해할 수는 없기에, 내게 충고하려 들지 마시오.

---

1 1921년 노벨상을 수상한 작가 아나톨 프랑스(1844~1924)의 시집 『코린트의 혼인』에서 인용.

TABLEAUX
DE GERNE DU SOUVENIR

Nous avons certains souvenirs qui sont comme la peinture hollandaise de notre mémoire, tableaux de genre où les personnages sont souvent de condition médiocre, pris à un moment bien simple de leur existence, sans événements solennels, parfois sans événements du tout, dans un cadre nullement extraordinaire et sans grandeur. Le naturel des caractères et l'innocence de la scène en font l'agrément, l'éloignement met entre elle et nous une lumière douce qui la baigne de beauté.

Ma vie de régiment est pleine de scènes de ce genre que je vécus naturellement, sans joie bien vive et sans grand chagrin, et dont je me souviens avec beaucoup de douceur. Le caractère agreste des lieux, la simplicité de quelques-uns de mes camarades paysans, dont le corps était resté plus beau, plus agile, l'esprit plus original, le cœur plus spontané, le caractère plus naturel que chez les jeunes gens que j'avais fréquentés auparavant et que je fréquentai dans la suite, le calme d'une vie où les occupations sont plus réglées et l'imagination moins asservie que dans toute autre, où le plaisir nous accompagne d'autant plus continuellement que nous n'avons jamais le temps de le fuir en courant à sa recherche, tout concourt à faire aujourd'hui de cette époque de ma vie comme une suite,

추억풍의 그림들

우리 기억 속에는 흔히 그 인물들이 평범하고, 생의 초라한 순간에 처해 있으며, 화려한 사건은커녕 때로는 사건이라 할 것도 없고, 위대한 것과는 거리가 먼, 전혀 이렇다 할 배경이 없는 네덜란드 회화 같은 그런 추억들이 있다. 자연스러운 인물 특징들과 순진무구한 장면들은 그 그림의 매력이 되고, 화폭을 아름답게 감싸는 부드러운 빛이 그림과 우리 사이에 환하게 자리 잡는다.

나의 병영 생활은 내가 자연스레 체험했던 이런 종류의 장면들로 가득해서, 생생한 기쁨도 큰 슬픔도 없지만 나는 지금도 기꺼이 추억한다. 시골 같은 장소들, 농부 출신 동료 병사들(내가 이전에 알고 지냈거나 그후 만난 다른 어떤 청년들보다 더 날렵하고 멋진 육체를 가졌던 그들은 개성 넘치는 정신과 솔직한 마음 그리고 자연스러운 성품을 지니고 있었다.)의 순박함, 일과가 매우 규칙적인 삶의 고요함, 즐거움만을 추구하는 우리를 지속적으로 쫓아다니는 쾌락적인 삶에 비해 더 자유로운 상상력 등 이 모든 것들은 내 삶의 한 시기를 오늘날 되돌아볼 때 언제나 행복한 진실과 매력으로 가득한 작은 그림들의 연속(물론 빈틈들로 토막 나 있지만)으로 여기게끔 해 준다. 시간이 이 조각 그림들 위로 슬픔 어린 시정(詩情)을 감미롭게 뿌려 놓은 것이다.

coupée de lacunes, il est vrai, de petits tableaux pleins de vérité heureuse et de charme sur lesquels le temps a répandu sa tristesse douce et sa poésie.

VENT DE MER À LA CAMPAGNE

« Je t'apporterai un jeune pavot, aux pétales de
pourpre. »

THÉOCRITE, « Le Cyclope »

Au jardin, dans le petit bois, à travers la campagne, le vent
met une ardeur folle et inutile à disperser les rafales du soleil, à
les pourchasser en agitant furieusement les branches du taillis
où elles s'étaient d'abord abattues, jusqu'au fourré étincelant où
elles frémissent maintenant, toutes palpitantes. Les arbres, les
linges qui sèchent, la queue du paon qui roue découpent dans
l'air transparent des ombres bleues extraordinairement nettes
qui volent à tous les vents sans quitter le sol comme un cerf-
volant mal lancé. Ce pêle-mêle de vent et de lumière fait
ressembler ce coin de la Champagne à un paysage du bord de la
mer. Arrivés en haut de ce chemin qui, brûlé de lumière et
essoufflé de vent, monte en plein soleil, vers un ciel nu, n'est-ce
pas la mer que nous allons apercevoir blanche de soleil et
d'écume ? Comme chaque matin vous étiez venue, les mains
pleines de fleurs et des douces plumes que le vol d'un ramier,
d'une hirondelle ou d'un geai, avait laissé choir dans l'allée. Les
plumes tremblent à mon chapeau, le pavot s'effeuille à ma
boutonnière, rentrons promptement.

La maison crie sous le vent comme un bateau, on entend

들판에 부는 해풍(海風)

"나는 네게 가져다주리라, 자주 빛깔 꽃잎의 어린
양귀비 한 송이를."[1]
테오크리토스의 「외눈박이 거인」

바람은 정원과 작은 숲, 들판에 맹렬히 불고 있으나,
태양의 위세를 분산하고 몰아내는 데 역부족이다. 그저
태양이 쏟아져 내리던 덤불 가지들을 사납게 흔들 뿐.
이제는 떨리는 햇살로 반짝거리는 숲속 안 가지들마저 온통
살랑거린다. 나무들, 마르고 있는 빨래들, 펼쳐진 공작의
꼬리는 이상하리만치 또렷하고 푸른 그림자들을 투명한
대기 중에 두드러져 보이게 한다. 이 그림자들은 잘못
날려진 연처럼 지면을 떠나지도 못한 채 바람이 불 때마다
날아다닌다. 바람과 빛의 이런 뒤섞임으로 내륙 지방인
샹파뉴의 한구석이 바닷가 풍경을 닮게 된다. 햇살에
달구어지고 바람에 헐떡거리며 텅 빈 하늘을 향해 땡볕
속에 있는 이 오르막길의 꼭대기에 다다른 우리가 발견하게
되는 것은 태양과 물거품으로 하얗게 된 바다가 아니란
말인가? 매일 아침 그대가 올 때면, 산비둘기며 제비나
어치가 날아다니며 오솔길에 떨어뜨린 부드러운 깃털과
꽃들로 그대 두 손은 가득했지. 내 모자에 꽂힌 깃털이
흔들리고, 단춧구멍에서 양귀비는 시들고 있으니, 우리 이제
어서 귀가하자.

집은 한 척의 배처럼 바람 속에서 소리 내고 있어, 눈에

d'invisibles voiles s'enfler, d'invisibles drapeaux claquer dehors. Gardez sur vos genoux cette touffe de roses fraîches et laissez pleurer mon cœur entre vos mains fermées.

보이지 않는 돛들이 부풀어 오르고 눈에 보이지 않는
깃발들이 펄럭이는 소리가 들리는 것 같다. 그대 무릎 위에
이 싱싱한 장미 묶음을 간직해 주오. 그대의 모인 두 손
안에서 내 마음 눈물짓게 해 주오.

---

1 기원전 3세기에 활동한 그리스의 전원시인 테오크리토스의 목가 「외눈박이
거인」에서 인용.

LES PERLES

Je suis rentré au matin et je me suis frileusement couché, frissonnant d'un délire mélancolique et glacé. Tout à l'heure, dans ta chambre, tes amis de la veille, tes projets du lendemain, — autant d'ennemis, autant de complots tramés contre moi, — tes pensées de l'heure, — autant de lieues vagues et infranchissables, — me séparaient de toi. Maintenant que je suis loin de toi, cette présence imparfaite, masque fugitif de l'éternelle absence que les baisers soulèvent bien vite, suffirait, il me semble, à me montrer ton vrai visage et à combler les aspirations de mon amour. Il a fallu partir; que triste et glacé je reste loin de toi! Mais, par quel enchantement soudain les rêves familiers de notre bonheur recommencent-ils à monter, épaisse fumée sur une flamme claire et brûlante, à monter joyeusement et sans interruption dans ma tête? Dans ma main, réchauffée sous les couvertures, s'est réveillée l'odeur des cigarettes de roses que tu m'avais fait fumer. J'aspire longuement la bouche collée à ma main le parfum qui, dans la chaleur du souvenir, exhale d'épaisses bouffées de tendresse, de bonheur et de « toi ». Ah! ma petite bien-aimée, au moment où je peux si bien me passer de toi, où je nage joyeusement dans ton souvenir — qui maintenant emplit la chambre — sans avoir à lutter contre ton corps insurmontable, je te le dis

진주 목걸이

　　새벽에 귀가한 나는 추위를 느끼며 잠자리에 누워, 우울하고 냉담한 망상에 몸을 떨었다. 조금 전 네 방에서 온 밤을 함께 지새운 너의 친구들(그만큼 내가 싫어하는 사람들), 다음 날의 너의 계획들(그만큼 나를 따돌리려는 음모들), 시간에 관한 너의 생각들(그만큼 막막하고 극복할 수 없는 거리감)이 너로부터 나를 떼어 놓고 있었다. 너에게서 멀리 있는 지금 내가 느끼는 (곁에 있다면 입맞춤만으로 순식간에 벗겨질, 영원한 부재라는 일시적인 가면인) 이런 불완전한 존재감은 너의 진면목을 보여 주며, 내 사랑의 열망을 충족시키기에 충분한 것 같다. 너를 떠나야만 했던 나는 얼마나 슬프고 얼어붙어 있는가!

　　하지만 어떤 갑작스러운 마술을 통해서 우리의 행복이라는 익숙한 꿈들이 마치 밝게 타오르는 불길 위의 짙은 연기처럼 내 머릿속에서 즐거이 다시 피어오르는가? 이불 속에 데워진 내 손 안에서 네가 주었던 장미향 담배의 냄새가 되살아났다. 손에 입을 대고 한참 동안 나는 추억의 열기 속에서 애정과 행복과 '너'로 이루어진 진한 입김들을 발산하는 내음을 들이마신다. 아! 나의 사랑하는 여인이여, 내가 너 없이 이토록 잘 지낼 수 있으며, 지금 내 방을 채운 네 추억 속에서 (물리칠 수 없는 네 육체적 매력에 저항할 필요 없이) 즐거이 헤엄치는 이 순간 엉뚱하게도 나는 억제할 길 없어 말하노니, "너 없이 견딜 수가 없구나." 네 몸

absurdement, je te le dis irrésistiblement, je ne peux pas me passer de toi. C'est ta présence qui donne à ma vie cette couleur fine, mélancolique et chaude comme aux perles qui passent la nuit sur ton corps. Comme elles, je vis et tristement me nuance à ta chaleur, et comme elles, si tu ne me gardais pas sur toi je mourrais.

위에서 밤을 보낸 진주 목걸이처럼, 내 삶에 이런 섬세하고 멜랑콜리하고 따뜻한 빛깔을 부여하는 것은 바로 너의 존재다. 진주들처럼 나는 살아가고 그대 체온에 맞추어 애처로운 뉘앙스를 띠게 된다. 그리고 진주들처럼, 그대가 몸 위에 간직해 주지 않는다면, 나는 죽게 되리라.

LES RIVAGES DE L'OUBLI

« On dit que la Mort embellit ceux qu'elle frappe et exagère leurs vertus, mais c'est bien plutôt en général la vie qui leur faisait tort. La mort, ce pieux et irréprochable témoin, nous apprend, selon la vérité, selon la charité, qu'en chaque homme il y a ordinairement plus de bien que de mal. » Ce que Michelet dit ici de la mort est peut-être encore plus vrai de cette mort qui suit un grand amour malheureux. L'être qui après nous avoir tant fait souffrir ne nous est plus rien, est-ce assez de dire, suivant l'expression populaire, qu'il est « mort pour nous ». Les morts, nous les pleurons, nous les aimons encore, nous subissons longtemps l'irrésistible attrait du charme qui leur survit et qui nous ramène souvent près des tombes. L'être au contraire qui nous a fait tout éprouver et de l'essence de qui nous sommes saturés ne peut plus maintenant faire passer sur nous l'ombre même d'une peine ou d'une joie. Il est plus que mort pour nous. Après l'avoir tenu pour la seule chose précieuse de ce monde, après l'avoir maudit, après l'avoir méprisé, il nous est impossible de le juger, à peine les traits de sa figure se précisent-ils encore devant les yeux de notre souvenir, épuisés d'avoir été trop longtemps fixés sur eux. Mais ce jugement sur l'être aimé, jugement qui a tant varié, tantôt torturant de ses clairvoyances notre cœur aveugle, tantôt

망각의 기술

"죽음은 망자(亡者)를 미화하고 생전의 미덕을 과장한다. 하지만 정작 망자에게 누를 끼치는 것은 삶 자체다. 이 더할 나위 없이 성실한 증인인 죽음은 누구에게나 악보다는 선이 더 많다는 것을 우리에게 자비심을 베풀듯이 알려 준다." 죽음에 관한 미슐레[1]의 이 언급은 위대했으나 불행한 사랑이 죽음을 맞은 경우에는 어쩌면 더욱 진실인 듯하다. 우리를 그토록 번민하게 만든 이후에 이제는 더 이상 우리에게 아무것도 아닌 것이 되어 버린 존재란, 흔한 표현을 빌리자면, "우리에게는 이미 죽은 사람"이라고 말하는 것만으로도 충분하다. 우리는 망자들을 여전히 사랑하여 그 때문에 울고, 그들의 저항할 수 없는 매력에 이끌려 그 무덤을 자주 찾고는 한다. 반대로 우리로 하여금 모든 것을 맛보게 하여 그 사람의 본질에 질려 버린 한때 사랑했던 존재는 이제는 더 이상 우리에게 고통이나 기쁨의 그림자를 드리울 수 없다. 그는 우리에게는 죽은 것만도 못하다. 이 세상에서 유일하게 값진 것으로 여겼건, 저주하고 경멸했건 간에 우리가 그를 판단한다는 것은 이제 불가능하다. 이는 그 사람 얼굴에 너무 오랫동안 고정되어 있던 우리의 시선이 지쳐 버려 그 모습들이 이제는 불분명해졌기 때문이다.

　그러나 사랑했던 이에 대한 이런 평가(때로는 선견지명으로 우리의 맹목적인 짝사랑을 괴롭혔으며, 때로는 사랑의

s'aveuglant aussi pour mettre fin à ce désaccord cruel, doit accomplir une oscillation dernière. Comme ces paysages qu'on découvre seulement des sommets, des hauteurs du pardon apparaît dans sa valeur véritable celle qui était plus que morte pour nous après avoir été notre vie elle-même. Nous savions seulement qu'elle ne nous rendait pas notre amour, nous comprenons maintenant qu'elle avait pour nous une véritable amitié. Ce n'est pas le souvenir qui l'embellit, c'est l'amour qui lui faisait tort. Pour celui qui veut tout, et à qui tout, s'il l'obtenait, ne suffirait pas, recevoir un peu ne semble qu'une cruauté absurde. Maintenant nous comprenons que c'était un don généreux de celle que notre désespoir, notre ironie, notre tyrannie perpétuelle n'avaient pas découragée. Elle fut toujours douce. Plusieurs propos aujourd'hui rapportés nous semblent d'une justesse indulgente et pleine de charme, plusieurs propos d'elle que nous croyions incapable de nous comprendre parce qu'elle ne nous aimait pas. Nous, au contraire, avons parlé d'elle avec tant d'égoïsme injuste et de sévérité. Ne lui devons-nous pas beaucoup d'ailleurs? Si cette grande marée de l'amour s'est retirée à jamais, pourtant, quand nous nous promenons en nous-mêmes nous pouvons ramasser des coquillages étranges et charmants et, en les portant à l'oreille, entendre avec un plaisir

엇갈림을 끝내려고 잔인하게 굴던 다양하기 그지없던
판단)는 최후의 동요를 끝마쳐야 한다. 용서의 높은
정상에서나 볼 수 있는 이런 광경처럼, 우리의 삶 그
자체였다가 죽음보다 더 못한 것이 되어 버린 여인이 이제야
그녀의 진정한 가치를 드러내는 것이다. 과거에는 우리의
사랑을 그녀가 받아주지 않은 것을 알았을 뿐이나, 이제야
우리는 그녀가 진정한 우정을 품고 있었음을 이해할 수
있게 되었다. 즉 추억이 그녀를 미화했다기보다는, 우리 사랑
때문에 그동안 그녀가 피해를 입었던 셈이다. 온전한 사랑을
원하여 (비록 그것을 얻을지라도) 만족하지 못할 사람에게
우정에 그친다는 것은 터무니없이 잔인한 일일 뿐. 이런
우정이란 우리의 절망 어린 빈정거림과 지속적인 속박을
탓하지 않은 너그러운 그녀의 선물이었음을 지금에야
우리는 알게 되었다. 그녀는 언제나 상냥했다. 오늘날
전해지는 그녀의 여러 풍문들은 이제는 우리에게 적절하고
관대하며 매력적으로까지 보인다. 과거에 우리가 그녀에
대한 평판을 납득할 수 없었던 이유는 단지 그녀가 우리를
사랑해 주지 않았다는 사실에 기인한다.
　우리는 부당한 이기심과 엄청난 엄격함을 가지고 그녀를
악평했다. 하지만 우리는 그녀에게 많은 것을 빚지고 있지
않은가? 비록 거대한 사랑의 조수가 영원히 물러갔다
할지라도, 우리는 마음속을 이리저리 산책하다가 기이하고

mélancolique et sans plus en souffrir la vaste rumeur d'autrefois. Alors nous songeons avec attendrissement à celle dont notre malheur voulut qu'elle fût plus aimée qu'elle n'aimait. Elle n'est plus « plus que morte » pour nous. Elle est une morte dont on se souvient affectueusement. La justice veut que nous redressions l'idée que nous avions d'elle. Et par la toute-puissante vertu de la justice, elle ressuscite en esprit dans notre cœur pour paraître à ce jugement dernier que nous rendons loin d'elle, avec calme, les yeux en pleurs.

예쁜 조개껍질을 주워 들어 귀로 가져가서는 더 이상
번민하지 않으며 애수 어린 기쁨에 젖어서 지난날의 그
끝없는 풍문을 들을 수도 있으리라. 주는 것 없이 사랑을
받기만 했다고 원망하던 그녀를 그제야 우리는 측은한
마음으로 떠올릴 것이다. 그녀는 더 이상 죽은 것보다 못한
존재가 아니라, 사람들이 다정스레 추억하는 여인이 된다.
우리가 그녀에 대해 품고 있던 생각을 수정하는 것이 옳은
일이리라. 우리가 그녀 멀리에서 평온하게 두 눈에 눈물을
머금고 내리는 이 최후의 심판에 모습을 드러내기 위해서,
정의의 전능한 미덕에 의해 그녀는 우리 마음속에서
되살아나는 것이다.

PRÉSENCE RÉELLE

Nous nous sommes aimés dans un village perdu d'Engadine au nom deux fois doux: le rêve des sonorités allemandes s'y mourait dans la volupté des syllabes italiennes. À l'entour, trois lacs d'un vert inconnu baignaient des forêts de sapins. Des glaciers et des pics fermaient l'horizon. Le soir, la diversité des plans multipliait la douceur des éclairages. Oublierons-nous jamais les promenades au bord du lac de Sils-Maria, quand l'après-midi finissait, à six heures? Les mélèzes d'une si noire sérénité quand ils avoisinent la neige éblouissante tendaient vers l'eau bleu pâle, presque mauve, leurs branches d'un vert suave et brillant. Un soir l'heure nous fut particulièrement propice; en quelques instants, le soleil baissant, fit passer l'eau par toutes les nuances et notre âme par toutes les voluptés. Tout à coup nous fîmes un mouvement, nous venions de voir un petit papillon rose, puis deux, puis cinq, quitter les fleurs de notre rive et voltiger au-dessus du lac. Bientôt ils semblaient une impalpable poussière de rose emportée, puis ils abordaient aux fleurs de l'autre rive, revenaient et doucement recommençaient l'aventureuse traversée, s'arrêtant parfois comme tentés au-dessus de ce lac précieusement nuancé alors comme une grande fleur qui se fane. C'en était trop et nos yeux s'emplissaient de larmes. Ces petits papillons, en traversant le

실재적인 존재감

　엥가딘[1]이라는 이중으로 감미로운 이름을 가진 외딴
마을에서 우리는 서로 사랑했다.(이 지명의 꿈같은 독일식
음향은 관능적인 이탈리아식 음절들 안에 묻혀 버렸다.)
신비한 초록빛을 띤 세 개의 인근 호수들이 전나무 숲들을
적시고, 빙하와 산봉우리들이 지평선을 마무리하고 있었다.
저녁이면 다양한 경사면들 때문에 빛이 사방으로 부드럽게
반사되었다. 6시, 오후가 끝날 무렵에 하던 실스마리아
호숫가 산책을 우리가 잊을 수 있을까? 검은색의 차분한
낙엽송들이 찬란한 눈[雪]과 인접할 때면, 창백한
푸른빛이라 거의 보라색으로 보이는 물가로 저희들의
그윽하게 빛나는 초록색 가지들을 뻗는 것이었다. 어느 날
저녁 시간은 특히 더 아늑했다. 갖가지 뉘앙스들이 호수면을
스치듯이, 석양 때문에 다양한 관능들이 잠시 동안 우리
마음을 스쳐 갔다.

　갑자기 우리에게 어떤 감흥이 일어났으니, 작은 분홍색
나비 한 마리, 이어 두 마리, 다음에는 다섯 마리가 이쪽
기슭의 꽃밭을 떠나 호수 너머로 날아가는 것을 막 본
참이었다. 이 나비들은 이내 바람에 실려 가는 만질 수
없는 장미 먼지 같아 보였다. 이어서 그들은 반대편 기슭의
꽃들을 향해 갔다 되돌아와, 소리 없이 이런 모험 같은
횡단을 되풀이하는 것이다. 시들어 가는 커다란 한 송이
꽃인 양 멋지게 물든 호수 수면 위에서 나비들은 종종

lac, passaient et repassaient sur notre âme, —— sur notre âme
toute tendue d'émotion devant tant de beautés, prête à
vibrer, —— passaient et repassaient comme un archet
voluptueux. Le mouvement léger de leur vol n'effleurait pas les
eaux, mais caressait nos yeux, nos cœurs, et à chaque coup de
leurs petites ailes roses nous manquions de défaillir. Quand
nous les aperçûmes qui revenaient de l'autre rive, décelant ainsi
qu'ils jouaient et librement se promenaient sur les eaux, une
harmonie délicieuse résonna pour nous; eux cependant
revenaient doucement avec mille détours capricieux qui
varièrent l'harmonie primitive et dessinaient une mélodie d'une
fantasie enchanteresse. Notre âme devenue sonore écoutait en
leur vol silencieux une musique de charme et de liberté et
toutes les douces harmonies intenses du lac, des bois, du ciel et
de notre propre vie l'accompagnaient avec une douceur
magique qui nous fit fondre en larmes.

Je ne t'avais jamais parlé et tu étais même loin de mes yeux
cette année-là. Mais que nous nous sommes aimés alors en
Engadine! Jamais je n'avais assez de toi, jamais je ne te laissais à
la maison. Tu m'accompagnais dans mes promenades, mangeais
à ma table, couchais dans mon lit, rêvais dans mon âme. Un
jour – se peut-il qu'un sûr instinct, mystérieux messager, ne

매료당한 듯 멈춰 서는 것이었다. 더 이상 못 참겠어서
눈물이 가득 차올랐다. 이런 아름다운 광경 앞에 전율할
준비가 되어 있던 우리 마음은 감동으로 한껏 긴장되었다.
호수를 건너는 이 작은 나비들은 우리의 마음 위로도
왔다 갔다 했는데, 오르락내리락하는 바이올린의 활처럼
관능적이었다. 나비들 비행의 경쾌한 움직임은 수면을
스치지 않았지만, 우리의 눈과 마음을 어루만졌다. 작은
분홍빛 날갯짓을 할 때마다 우리는 기절할 것만 같았다.

저편 기슭에서 노닐다가 물 위에서 자유롭게 산책하고
되돌아오는 나비들이 보일 때면, 감미로운 하모니가
마음속에 울렸다. 나비들은 처음의 하모니를 변주하여,
매혹적인 환상곡의 선율을 허공에다 그리는 수많은
변덕스러운 굴곡들을 조용히 보여 준다. 이렇듯 소리를
내게 된 우리의 영혼은 나비의 소리 없는 비행에서 매혹과
자유의 음악을 듣고 있었다. 호수와 숲, 하늘과 우리 자신들
삶의 모든 감미롭고 강렬한 하모니들이 눈물을 터뜨리게
하던 마법 같은 부드러움으로 이 음악에 반주하고 있었다.

나는 결코 그대에게 말을 걸지 않았고, 그대는 그
해[年]에 심지어 내 눈길에서 멀리 떨어져 있었다. 그러나
그때 엥가딘에서 우리는 얼마나 서로 사랑했던가! 나는
전혀 그대가 지겹지 않았으며, 그대를 홀로 집 안에 남겨
두지도 않았지. 산책할 때면 그대는 나를 따라왔고, 내

t'ait pas avertie de ces enfantillages où tu fus si étroitement mêlée, que tu vécus, oui, vraiment vécus, tant tu avais en moi une « présence réelle »? —— un jour (nous n'avions ni l'un ni l'autre jamais vu l'Italie), nous restâmes comme éblouis de ce mot qu'on nous dit de l'Alpgrun: « De là on voit jusqu'en Italie. » Nous partîmes pour l'Alpgrun, imaginant que, dans le spectacle étendu devant le pic, là où commencerait l'Italie, le paysage réel et dur cesserait brusquement et que s'ouvrirait dans un fond de rêve une vallée toute bleue. En route, nous nous rappelâmes qu'une frontière ne change pas le sol et que si même il changeait ce serait trop insensiblement pour que nous puissions le remarquer ainsi, tout d'un coup. Un peu déçus nous riions pourtant d'avoir été si petits enfants tout à l'heure.

Mais en arrivant au sommet, nous restâmes éblouis. Notre enfantine imagination était devant nos yeux réalisée. À côté de nous, des glaciers étincelaient. À nos pieds des torrents sillonnaient un sauvage pays d'Engadine d'un vert sombre. Puis une colline un peu mystérieuse; et après des pentes mauves entrouvraient et fermaient tour à tour une vraie contrée bleue, une étincelante avenue vers l'Italie. Les noms n'étaient plus les mêmes, aussitôt s'harmonisaient avec cette suavité nouvelle. On nous montrait le lac de Poschiavo, le pizzo di Verone, le val de

식탁에서 먹고 내 침상에서 잤으며, 내 영혼 속에서
꿈꾸었지. 신비로운 예언자와 같은 틀림없는 본능이
그대가 그토록 밀접히 개입한 이런 어린애 같은 장난들(내
마음속에 그대가 '실재적인 존재감'을 가졌던 만큼 그대도
몸소 체험했다 할 유치한 짓들)을 그대에게 예고하지
않았는가? 이탈리아에 한 번도 가 본 적 없던 우리는 어느
날인가 알프그륀²에 관해 사람들이 해 준 말에 현혹되어
버렸다. "거기서는 이탈리아까지 보이지." 우리는 알프그륀을
향해 출발하면서, 이탈리아가 시작될 그곳에서는 산봉우리
앞에 펼쳐질 광경에 거친 풍경은 순식간에 사라져 버리고
꿈의 밑바닥에서 아주 파란 계곡이 열리리라 상상했다.
가는 도중에 우리는 국경을 넘었다고 지질이 바뀌는 것은
아니며, 비록 바뀐다 할지라도 너무나 미세해서 눈에 띄지
않아 우리가 이를 한번에 알아볼 수 없음을 깨달았다. 조금
실망스러웠지만, 조금 전까지 그토록 유치했던 것에 피식
웃고 말았다.

　일단 정상에 도달하자 우리는 감탄한 채 한동안 머물러
있었다. 어린애 같은 상상이 우리들 눈앞에 현실로 펼쳐져
있었다. 옆에는 빙하들이 반짝거렸고, 발치에는 급류들이
엥가딘이라는 야생의 지방에 어두운 초록색으로 고랑을
내며 흐르고 있었다. 신비스러운 언덕 너머 보라색
비탈들이 진정 푸른 지방인 이탈리아로 가는 눈부신 길을

Viola. Après nous allâmes à un endroit extraordinairement sauvage et solitaire, où la désolation de la nature et la certitude qu'on y était inaccessible à tous, et aussi invisible, invincible, aurait accru jusqu'au délire la volupté de s'aimer là. Je sentis alors vraiment à fond la tristesse de ne t'avoir pas avec moi sous tes matérielles espèces, autrement que sous la robe de mon regret, en la réalité de mon désir. Je descendis un peu jusqu'à l'endroit encore très élevé où les voyageurs venaient regarder. On a dans une auberge isolée un livre où ils écrivent leurs noms. J'écrivis le mien et à côté une combinaison de lettres qui était une allusion au tien, parce qu'il m'était impossible alors de ne pas me donner une preuve matérielle de la réalité de ton voisinage spirituel. En mettant un peu de toi sur ce livre il me semblait que je me soulageais d'autant du poids obsédant dont tu étouffais mon âme. Et puis, j'avais l'immense espoir de te mener un jour là, lire cette ligne; ensuite tu monterais avec moi plus haut encore me venger de toute cette tristesse. Sans que j'aie rien eu à t'en dire, tu aurais tout compris, ou plutôt de tout tu te serais souvenue; et tu t'abandonnerais en montant, pèserais un peu sur moi pour mieux me faire sentir que cette fois tu étais bien là; et moi entre tes lèvres qui gardent un léger parfum de tes cigarettes d'Orient, je trouverais tout l'oubli.

번갈아 열었다 닫았다 하고 있었다. 우리와는 느낌이 다른 지명(地名)들은 이런 새로운 아름다움과 조화를 이루었다. 사람들은 우리에게 포스키아보 호수, 베로네 봉우리, 비올라 계곡을 보여 주었다. 그 후 우리는 지극히 야생적이고 호젓한 장소에 갔다. 험한 자연 탓에 아무도 접근할 수 없으니 눈에 띄지도 공격받지도 않겠다는 확신으로, 이곳에서 서로 사랑을 나눈다는 관능이 망상에 이를 정도로 커졌다. 그제야 나는 (회한이라는 겉과는 다르게, 욕망이라는 내적 현실에 있어) 곁에 그대를 실제적으로 소유하고 있지 않다는 슬픔을 깊이 느꼈다.

나는 여행객들이 찾아오는 장소까지 좀 더 내려갔다. 외딴 여인숙에는 여행객들이 이름을 써 놓는 방명록이 한 권 있었다. 내 이름을 썼고, 그 옆에는 그대의 이름을 암시하는 철자들을 적어 두었다. 그대가 정신적으로 가까이 있다는 현실에 대한 물질적 증거를 이렇게라도 남겨 두고 싶었다. 책에다 그대를 약간이라도 써 넣음으로써, 끈질기게 내 영혼을 누르고 있던 그대의 무게만큼 내가 짐을 벗는 것만 같았다. 언젠가 이곳에 그대를 데려와 우리 이름들을 읽어 주겠노라는 거대한 희망을 품었다. 그러면 홀로 내가 받은 이런 슬픔들을 보상해 주려고 그대는 나와 함께 한층 더 높은 곳으로 올라가리라. 내가 전혀 말이 없어도, 그대는 모든 것을 이해했을 터이고, 아니 차라리 모든 것을 기억해

Nous dirions très haut des paroles insensées pour la gloire de crier sans que personne au plus loin puisse nous entendre; des herbes courtes, au souffle léger des hauteurs, frémiraient seules. La montée te ferait ralentir tes pas, un peu souffler et ma figure s'approcherait pour sentir ton souffle: nous serions fous. Nous irions aussi là où un lac blanc est à côté d'un lac noir doux comme une perle blanche à côté d'une perle noire. Que nous nous serions aimés dans un village perdu d'Engadine! Nous n'aurions laissé approcher de nous que des guides de montagne, ces hommes si grands dont les yeux reflètent autre chose que les yeux des autres hommes, sont aussi comme d'une autre « eau ». Mais je ne me soucie plus de toi. La satiéré est venue avant la possession. L'amour platonique lui-même a ses saturations. Je ne voudrais plus t'emmener dans ce pays que, sans le comprendre et même le connaître, tu m'évoques avec une fidélité si touchante. Ta vue ne garde pour moi qu'un charme, celui de me rappeler tout à coup ces noms d'une couceur étrange, allemande et italienne: Sils-Maria, Silva Plana, Crestalta, Samaden, Celerina, Juliers, val de Viola.

냈을 것이다. 그대는 산을 오르며, 이번에는 자신이 분명
그곳에 있음을 내가 더 잘 느끼도록 내게 기대며 체중을
조금 실어 주리라. 근동산(産) 담배의 가벼운 향기를 머금은
그대의 두 입술 사이에서 나는 모든 망각을 찾아내리라.
아무도 들을 수 없을지라도 우리는 영광스레 터무니없는
말들을 큰 소리로 외쳐 대고, 키 작은 풀들은 고원의 가벼운
바람결에 살랑거리리라. 언덕길이라 그대가 발걸음을 늦추고
조금 헐떡일 때, 내 얼굴이 그대 숨결을 느끼려 다가가면
우리는 미칠 듯이 행복하리라. 흑진주 옆에 놓인 하얀
진주처럼, 흰색 호수 곁에 있는 검은빛이 은은한 호수에도
가 보리라. 엥가딘이라는 외진 마을에서 우리는 서로 얼마나
사랑했을지! 외로운 산 안내인들만을 만났을 테고, 타인들의
눈이 비치지 않는 눈동자를 지닌 이 키 큰 사내들 역시 또
다른 '호수' 같았겠지.

　이제 더 이상 나는 그대를 생각하지 않으련다. 소유하기도
전에 싫증이 난 것이다. 플라토닉 사랑 또한 나름 물리는
법. 나는 더 이상 그대를 데려가고 싶지 않은데, 이 지방을
알지도 못하는 그대가 이토록 감동적일 정도로 꾸준하게
이곳을 떠오르게 하기 때문이야. 그래도 그대를 바라보는
일이 내게 여전히 한 가지 매력만은 간직하고 있지.
실스마리아, 실바플라나, 크레스탈타, 사마덴, 첼레리나,
율리히, 비올라 계곡 같은 독일이나 이탈리아식의 이상하게

감미로운 지명들을 문득 환기시키는 그런 매력.

---

1 스위스 남동부 알프스 산맥의 중심부를 흐르는 인(Inn) 강 유역에 위치한
계곡 지역으로 풍광이 아름답다.
2 원문에는 Alpgrun이라고 쓰고 있는데, 스위스 지명 Alp Grüm(알프그륌)의
프랑스어식 표기인 듯하다. 알프그륌은 스위스 그라우뷘덴 주(州)에서
이탈리아의 티라노로 넘어가는 산간 오지에 위치하고 있으며, 1910년 이래
산악 열차가 운행되고 있다.

COUCHER DE SOLEIL
INTÉRIEUR

Comme la nature, l'intelligence a ses spectacles. Jamais les levers de soleil, jamais les clairs de lune qui si souvent m'ont fait délirer jusqu'aux larmes, n'ont surpassé pour moi en attendrissement passionné ce vaste embrasement mélancolique qui, durant les promenades à la fin du jour, nuance alors autant de flots dans notre âme que le soleil quand il se couche en fait briller sur la mer. Alors nous précipitons nos pas dans la nuit. Plus qu'un cavalier que la vitesse croissante d'une bête adorée étourdit et enivre, nous nous livrons en tremblant de confiance et de joie aux pensées tumultueuses auxquelles, mieux nous les possédons et les dirigeons, nous nous sentons appartenir de plus en plus irrésistiblement. C'est avec une émotion affectueuse que nous parcourons la campagne obscure et saluons les chênes pleins de nuit, comme le champ solennel, comme les témoins épiques de l'élan qui nous entraîne et qui nous grise. En levant les yeux au ciel, nous ne pouvons reconnaître sans exaltation, dans l'intervalle des nuages encore émus de l'adieu du soleil, le reflet mystérieux de nos pensées: nous nous enfonçons de plus en plus vite dans la campagne, et le chien qui nous suit, le cheval qui nous porte ou l'ami qui s'est tu, moins encore parfois quand nul être vivant n'est auprès de nous, la fleur à notre boutonnière ou la canne qui tourne

마음속에서 지는 태양

　인간의 지성도 자연처럼 자신의 풍광들이 있기 마련이다. 자주 나를 흥분시켜 눈물짓게 하는 일출이나 월광도 열정적 감동에 있어서만큼은 낙조의 우울하고 광대한 불길을 결코 능가할 수 없다. 불타는 일몰은 저녁에 바닷가를 거니는 우리 영혼 안에 수많은 물결을 물들여서, 수면 위로 반짝이게 한다. 이때 우리는 어두운 밤 속으로 발걸음을 재촉한다. 애마의 속도가 빨라질수록 더욱 도취되는 기수처럼, 우리는 확신과 기쁨에 몸을 떨며 점점 더 저항할 수 없이 깊이 빠져들지만 훤히 알아 스스로 통제할 수 있는 활기찬 생각들에 몰두하게 된다.

　어두워진 들판을 돌아다닐 때 우리가 바로 이런 감흥을 품고 있기에, 햇빛 찬란한 벌판인 양 또 우리를 유혹하고 도취시키는 충동의 웅장한 증인들인 양 밤 그늘로 가득한 참나무 숲에 다정스레 인사하게 된다. 하늘로 눈을 들어, 태양의 작별에 아직도 놀라고 있는 구름들 사이로 신비롭게 하늘에 반영된 우리 생각을 흥분하지 않고 알아볼 수 있다. 이윽고 우리는 더 빨리 들판으로 파고들어 간다. 따라오는 개나 우리를 태운 말 또는 말 없는 친구, 하물며 우리 곁에 살아 있는 것이 아무것도 없을지라도, 양복 단춧구멍에 꽂은 꽃이나 들뜬 우리 손 안에서 경쾌하게 돌려지는 지팡이가 이런 망상의 멜랑콜리한 보상으로 우리의 눈물 고인 시선과 마주하게 될 것이다.

joyeusement dans nos mains fébriles, reçoit en regards et en larmes le tribut mélancolique de notre délire.

COMME À LA LUMIÈRE
DE LA LUNE

La nuit était venue, je suis allé à ma chambre, anxieux de rester maintenant dans l'obscurité sans plus voir le ciel, les champs et la mer rayonner sous le soleil. Mais quand j'ai ouvert la porte, j'ai trouvé la chambre illuminée comme au soleil couchant. Par la fenêtre je voyais la maison, les champs, le ciel et la mer, ou plutôt il me semblait les « revoir » en rêve; la douce lune me les rappelait plutôt qu'elle ne me les montrait, répandant sur leur silhouette une splendeur pâle qui ne dissipait pas l'obscurité, épaissie comme un oubli sur leur forme. Et j'ai passé des heures à regarder dans la cour le souvenir muet, vague, enchanté, et pâli des choses qui, pendant le jour, m'avaient fait plaisir ou m'avaient fait mal, avec leurs cris, leurs voix ou leur bourdonnement.

L'amour s'est éteint, j'ai peur a seuil de l'oubli; mais apaisés, un peu pâles, tout près de moi et pourtant lointains et déjà vagues, voici, comme à la lumière de la lune, tous mes bonheurs passés et tous mes chagrins guéris qui me regardent et qui se taisent. Leur silence m'attendrit cependant que leur éloignement et leur pâleur indécise m'enivrent de tristesse et de poésie. Et je ne puis cesser de regarder ce clair de lune intérieur.

달빛에 비추는 것처럼

　밤이 되어 침실로 간 나는 이제 더 이상 태양 아래 반짝이는 하늘과 들판 그리고 바다를 볼 수 없이 어둠 속에 머무른다는 생각에 불안했다. 그러나 방문을 열었을 때, 내가 발견한 것은 석양 때처럼 빛나고 있는 침실이었다. 창을 통해 집, 들판, 하늘과 바다가 보였는데, 아니 차라리 꿈속에서 이것들을 다시 보고 있는 듯했다. 부드러운 달은 사물들을 보여 준다기보다 환기시켰는데, 사물들의 실루엣 위로 어둠을 없애지 못할 정도로 창백한 빛, 사물들 형태에 대한 망각같이 두터워진 빛을 퍼뜨리고 있었다. 그래서 나는 낮 동안 그들의 외침과 목소리 또는 웅성거림으로 즐거움이나 고통을 주었던 사물들의 마술에 걸린 듯 막연하며 말없이 빛바랜 추억을 안뜰에서 바라보느라 몇 시간을 보냈다.

　사랑은 꺼져 버렸고, 망각의 문턱에서 나는 두렵다. 그러나 모든 지나가 버린 행복들과 치유된 고통들은 진정되고, 조금은 희미해지고, 아주 가까이 있으면서도 멀어져, 여기 달빛에 비추인 것처럼 어슴푸레해져서 지그시 나를 바라보고 있다. 이들의 침묵이 나를 감동시키는 동안, 그들의 멀어짐과 어렴풋한 창백함이 슬픈 시처럼 나를 취하게 한다. 하여 이렇게 마음속 달빛을 물끄러미 바라보는 일을 나는 멈출 수 없으리.

CRITIQUE DE L'ESPÉRANCE
À LA LUMIÈRE DE L'AMOUR

À peine une heure à venir nous devient-elle le présent qu'elle
se dépouille de ses charmes, pour les retrouver, il est vrai, si
notre âme est un peu vaste et en *perspectives* bien ménagées,
quand nous l'aurons laissée loin derrière nous, sur les routes de
la mémoire. Ainsi le village poétique vers lequel nous hâtions le
trot de nos espoirs impatients et de nos juments fatiguées
exhale de nouveau, quand on a dépassé la colline, ces
harmonies voilées, dont la vulgarité de ses rues, le disparate de
ses maisons, si rapprochées et fondues à l'horizon,
l'évanouissement du brouillard bleu qui semblait le pénétrer,
ont si mal tenu les vagues promesses. Mais comme l'alchimiste,
qui attribue chacun de ses insuccès à une cause accidentelle et
chaque fois différente, loin de soupçonner dans l'essence même
du présent une imperfection incurable, nous accusons la
malignité des circonstances particulières, les charges de telle
situation enviée, le mauvais caractère de telle maîtresse désirée,
les mauvaises dispositions de notre santé un jour qui aurait dû
être un jour de plaisir, le mauvais temps ou les mauvaises
hôtelleries pendant un voyage, d'avoir empoisonné notre
bonheur. Aussi certains d'arriver à éliminer ces causes
destructives de toute jouissance, nous en appelons sans cesse
avec une confiance parfois boudeuse mais jamais désillusionnée

사랑과 기대에 관한 고찰

부푼 기대감은 한 시간 후 현실로 다가오면 순식간에 그 매력을 잃어버리고 마는 법이다. 이런 짜릿한 매력을 다시금 맛보기 위해 우리의 마음은 비록 앞길에 잘 안배된 **탄탄대로**가 펼쳐져 있다 하더라도, 저 멀리 기억의 뒤안길로 되돌아가고 싶어 하기 마련이다. 그래서 희망에 마음 졸이며 지쳐 버린 노새의 발걸음을 재촉하여 달려갔던 시정(詩情) 어린 마을은 우리가 언덕을 넘어서자마자 그 가려진 조화로움의 비밀을 드러낸다. 마을의 지저분한 거리들, 다닥다닥 붙어 있어 한데 뒤섞여 버리는 잡다한 집들, 마을에 스며 있는 듯 보이던 푸른 안개의 사라짐 등은 우리의 막연한 기대를 보기 좋게 어긴 셈이다.

매번 실패할 때마다 현재의 본질 자체 속에서 결코 성공할 수 없는 그 불완전함을 의심하기는커녕 원인을 번번이 다른 우연으로 돌리는 연금술사처럼, 우리는 특정한 상황의 장난, 바람직한 여건을 만드는 데 드는 부담스러운 비용, 애인의 변덕스러운 성격, 즐겨야 할 날에 하필이면 나쁜 컨디션, 여행 중 열악한 여관이나 악천후 등등이 우리의 행복을 망쳐 버렸다고 투덜댄다. 어떤 이들은 이런 즐거움을 파괴하는 원인들을 제거하는 데 성공하기에, 우리는 실현된 꿈(즉 실망한 꿈)에 대한 때로는 불만스럽지만 결코 저버릴 수 없는 확신을 가지고 꿈에 부푼 미래에 또다시 기대게 되는 것이다.

d'un rêve réalisé, c'est-à-dire déçu, à un avenir rêvé.

Mais certains hommes réfléchis et chagrins qui rayonnent plus ardemment encore que les autres à la lumière de l'espérance découvrent assez vite qu'hélas! elle n'émane pas des heures attendues, mais de nos cœurs débordants de rayons que la nature ne connaît pas et qui les versent à torrents sur elle sans y allumer un foyer. Ils ne se sentent plus la force de désirer ce qu'ils savent n'être pas désirable, de vouloir atteindre des rêves qui se flétriront dans leur cœur quand ils voudront les cueillir hors d'eux-mêmes. Cette disposition mélancolique est singulièrement accrue et justifiée dans l'amour. L'imagination en passant et repassant sans cesse sur ses espérances, aiguise admirablement ses déceptions. L'amour malheureux nous rendant impossible l'expérience du bonheur nous empêche encore d'en découvrir le néant. Mais quelle leçon de philosophie, quel conseil de la vieillesse, quel déboire de l'ambition passe en mélancolie les joies de l'amour heureux! Vous m'aimez, ma chère petite; comment avez-vous été assez cruelle pour le dire? Le voilà donc ce bonheur ardent de l'amour partagé dont la pensée seule me donnait le vertige et me faisait claquer des dents!

Je défais vos fleurs, je soulève vos cheveux, j'arrache vos

하지만 다른 이들보다 더 열렬히 기대감에 부풀어 있던 사려 깊은 사람들은 슬프게도 이 기대라는 것이 기다렸던 시간들에서 나오는 것이 아니라, 화로 하나 불 지피지는 못하지만 시간을 철철 넘치게 부어 주는 환한 우리 마음에서 우러나온다는 사실을 이내 깨닫는다. 이들은 자신들이 달갑지 않다고 생각하는 바를 원하지도 않을 뿐더러, 그들의 마음속에서 따기도 전에 이내 시들어 버릴 꿈에 다가갈 힘도 더 이상 남아 있지 않다. 이런 멜랑콜리한 기질은 이상하게도 사랑 안에서 증가하고 정당화된다. 상상력은 자신의 기대감 위로 쉴 새 없이 오가며, 자신의 실망감을 멋들어지게 자극한다. 불행한 사랑은 우리에게 행복의 경험을 허락하지 않지만, 그러면서도 우리가 행복의 허무함을 발견하는 것 역시 방해한다. 하지만 세상의 모든 철학적 교훈도, 노숙한 충고와 야망의 쓴맛도 하나같이 행복한 사랑의 기쁨을 멜랑콜리로 바꾸어 놓지 않았던가! 사랑하는 여인이여, 나를 사랑한다고 말할 때, 그대는 얼마나 잔인했는지! 그러니까 이것이 생각만으로도 내가 혼미해져서 이가 덜덜 떨리던 우리가 함께 나눈 사랑이 준 열렬한 행복의 실체였다.

내가 당신의 꽃들을 흩어 놓고, 머리채를 들어 올리고, 보석 장신구를 일일이 빼놓으며, 당신의 살결을 만지고, 백사장 위로 넘실대는 바닷물처럼 입맞춤으로 당신의

bijoux, j'atteins votre chair, mes baisers recouvrent et battent votre corps comme la mer qui monte sur le sable; mais vous-même m'échappez et avec vous le bonheur. Il faut vous quitter, je rentre seul et plus triste. Accusant cette calamité dernière, je retourne à jamais auprès de vous; c'est ma dernière illusion que j'ai arrachée, je suis à jamais malheureux.

Je ne sais pas comment j'ai eu le le courage de vous dire cela, c'est le bonheur de toute ma vie que je viens de rejeter impitoyablement, ou du moins la consolation, car vos yeux dont la confiance heureuse m'enivrait encore parfois, ne refléteront plus que le triste désenchantement dont votre sagacité et vos déceptions vous avaient déjà avertie. Puisque ce secret que l'un de nous cachait à l'autre, nous l'avons proféré tout haut, il n'est plus de bonheur pour nous. Il ne nous reste même plus les joies désintéressées de l'espérance. L'espérance est un acte de foi. Nous avons désabusé sa crédulité: elle est morte. Après avoir renoncé à jouir, nous ne pouvons plus nous enchanter à espérer. Espérer sans espoir, qui serait si sage, est impossible.

Mais rapprochez-vous de moi, ma chère petite amie. Essuyez vos yeux, pour voir, je ne sais pas si ce sont les larmes qui me brouillent la vue, mais je crois distinguer là-bas, derrière nous,

육체를 뒤덮으며 부딪히고 있지만, 정작 그대는 행복을
대동한 채 나를 피해 달아난다. 당신과 헤어져 나는
홀로 더욱 슬퍼하며 되돌아온다. 지난 비참함을 이렇게
고백하면서도 나는 영원히 그대 곁으로 다시 다가간다.
이것이 내가 만들어 낸 마지막 환상이므로, 하여 나는
언제나 불행하다.

　그대에게 이 말을 할 용기가 어떻게 생겨났는지
모르겠지만, 이로써 나는 내 삶의 모든 행복을 놓쳐
버렸거나 아니면 적어도 위안거리를 차 버린 셈이다.
왜냐하면 행복한 확신으로 나를 도취시키던 그대의 두 눈이
(당신의 예민함이 실망스레 예고했던) 그 슬픈 환멸만을
비추어 보일 테니. 서로에게 감추고 있던 이 비밀을 큰
소리로 발설하자마자, 우리에게 더 이상 행복이란 없다.
사랑의 기대와 관계없는 기쁨조차 더 이상 남아 있지 않다.
소망한다는 것은 믿음의 행위다. 꿈에 대한 믿음이 깨지는
순간, 소망도 죽어 버린다. 기대감을 포기하고 나면 우리는
더 이상 소망하는 것에 매혹될 수 없다. 희망 없이 기대하는
일이란 그것이 비록 현명한 것처럼 보일지라도 불가능한
것이다.

　하지만 내 사랑하는 귀여운 그대여, 내게 가까이 오라.
잘 보기 위해 그대 두 눈을 비벼라. 시야를 흐리는 것이
눈물인지 나는 모르지만, 저기 우리가 지나온 길 뒤로

de grands feux qui s'allument. Oh! ma chère petite amie que je vous aime! donnez-moi la main, allons sans trop approcher vers ces beaux feux... Je pense que c'est l'indulgent et puissant Souvenir qui nous veut du bien et qui est en train de faire beaucoup pour nous, ma chère.

사랑의 큰 불길이 타오르는 것이 보이는 듯하다. 오! 내 사랑 그대여, 내게 손을 내밀고 이 아름다운 불길로 (너무 가까이는 말고) 뒤돌아 가자…… 우리에게 호의를 가지고 선행을 베푸는 것은 역시 관대하고 강력한 추억이라고 생각하네, 소중한 이여.

SOUS-BOIS

Nous n'avons rien à craindre mais beaucoup à apprendre de la tribu vigoureuse et pacifique des arbres qui produit sans cesse pour nous des essences fortifiantes, des baumes calmants, et dans la gracieuse compagnie desquels nous passons tant d'heures fraîches, silencieuses et closes. Par ces après-midi brûlants où la lumière, par son excès même, échappe à notre regard, descendons dans un de ces « fonds » normands d'où montent avec souplesse des hêtres élevés et épais dont les feuillages écartent comme une berge mince mais résistante cet océan de lumière, et n'en retiennent que quelques gouttes qui tintent mélodieusement dans le noir silence du sous-bois. Notre esprit n'a pas, comme au bord de la mer, dans les plaines, sur les montagnes, la joie de s'étendre sur le monde, mais le bonheur d'en être séparé; et, borné de toutes parts par les troncs indéracinables, il s'élance en hauteur à la façon des arbres. Couchés sur le dos, la tête renversée dans les feuilles sèches, nous pouvons suivre du sein d'un repos profond la joyeuse agilité de notre esprit qui monte, sans faire trembler le feuillage, jusqu'aux plus hautes branches où il se pose au bord du ciel doux, près d'un oiseau qui chante. Çà et là un peu de soleil stagne au pied des arbres qui, parfois, y laissent rêveusement tremper et dorer les feuilles extrêmes de leurs

숲속에서

　우리를 위해 쉼 없이 몸에 좋은 향유와 마음을 가라앉히는 진액을 만들어 내는 원기 있고 온화한 수종(樹種)에 대해서 두려워할 것은 전혀 없지만 배울 점은 많다. 이런 나무들과 풍취 있게 어울리면서, 신선하고 조용하며 호젓한 시간들을 보내는 것이다. 햇빛이 너무 지나치기에 시선을 돌리게 되는 이렇게 뜨거운 오후에는 노르망디 특유의 '토양'에 들어가 보자. 이곳에는 키 큰 아름드리 너도밤나무들이 유연하게 자라, 그 잎사귀들이 얇지만 단단한 제방처럼 빛의 바다를 막아 주고, 숲속의 어두운 고요 속에 음악처럼 울리는 빛의 방울 몇 개만을 붙들 뿐이다. 우리의 정신은 바닷가에서와 마찬가지로 산야에서도 퍼져 가는 기쁨을 얻지 못하나, 세상으로부터 분리되는 행복을 맛본다. 뿌리 깊은 나무줄기들로 사방이 에워싸인 우리 정신은 나무들처럼 높이 치솟는다.
　등을 깔고 누워서 마른 잎사귀들 속으로 고개를 젖히면, 깊은 휴식의 한복판에서 잎새 하나 건드리지 않으면서도 맨 꼭대기 가지들까지 상승하는 정신의 민첩한 기쁨을 뒤쫓을 수 있다. 우리의 정신은 부드러운 하늘 가장자리, 높은 가지에서 노래하는 한 마리 새 곁에 앉게 되는 것이다. 여기 저기 약간의 햇살이 나무 밑동에 머물고, 때때로 나무들은 그들 가지의 말단 잎사귀들을 꿈꾸는 듯 적시거나 금빛으로 물들인다. 그 외 나머지는 모두 긴장이 풀려 꼼짝 않고,

branches. Tout le reste, détendu et fixé, se tait, dans un sombre bonheur. Élancés et debout, dans la vaste offrande de leurs branches, et pourtant reposés et calmes, les arbres, par cette attitude étrange et naturelle, nous invitent avec des murmures gracieux à sympathiser avec une vie si antique et si jeune, si différente de la nôtre et dont elle semble l'obscure réserve inépuisable.

Un vent léger trouble un instant leur étincelante et sombre immobilité, et les arbres tremblent faiblement, balançant la lumière sur leurs cimes et remuant l'ombre à leurs pieds.

Petit-Abbeville (Dieppe), août 1895.

어둠 속 행복감에 말이 없다. 가지들의 막대한 봉헌(奉獻)
안에서 고요히 쉬고 있는 우뚝 뻗은 나무들은 이런
자연스럽지만 이상한 자세를 통해 우아한 속삭임으로
우리를 나무의 삶과 공감하도록 이끈다. 이 삶이란 그토록
오래된 것이지만 여전히 젊어서, 우리네 삶과 전혀 다르기에
인간 삶의 알려지지 않은 무궁무진한 저장고인 것 같다.
    가벼운 바람이 한순간 그들의 반짝이지만 어두운
부동성을 깨뜨리자, 나무들은 살짝 몸을 떨면서 나무
꼭대기에서 햇빛의 균형을 잡고 나무 밑동에서는 그림자를
다시 배치하는 것이다.

디에프의 프티타베빌에서, 1895년 8월.

LES MARRONNIERS

J'aimais surtout à m'arrêter sous les marronniers immenses quand ils étaient jaunis par l'automne. Que d'heures j'ai passées dans ces grottes mystérieuses et verdâtres à regarder au-dessus de ma tête les murmurantes cascades d'or pâle qui y versaient la fraîcheur et l'obscurité! J'enviais les rouges-gorges et les écureuils d'habiter ces frêles et profonds pavillons de verdure dans les branches, ces antiques jardins suspendus que chaque printemps, depuis deux siècles, couvre de fleurs blaches et parfumées. Les branches, insensiblement courbées, descendaient noblement de l'arbre vers la terre, comme d'autres arbres qui auraient été plantés sur le tronc, la tête en bas. La pâleur des feuilles qui restaient faisait ressortir encore les branchages qui déjà paraissaient plus solides et plus noirs d'être dépouillés, et qui ainsi réunis au tronc semblaient retenir comme un peigne magnifique la douce chevelure blonde répandue.

Réveillon, octobre 1895.

마로니에 나무들

　거대한 마로니에들이 가을에 노랗게 물들 때면, 그 아래
발길을 멈추는 것을 나는 특히 좋아했다. 아직 초록색이
남아 있는 신비로운 동굴 안에서, 머리 위로 시원한
그늘을 부어 주던 연한 황금빛의 속살거리는 폭포들을
올려다보면서 그 얼마나 많은 시간을 보냈던가! 가지 속
깊숙이 마련한 이 허술한 녹색의 작은 집에 사는 울새와
다람쥐들을 나는 부러워했다. 200년 전부터 봄이 오면
향기로운 하얀 꽃들로 뒤덮인 나뭇가지들이 매달려 있는
오래된 정원. 가지들은 눈에 띄지 않게 곡선을 그리며,
나무에서 땅을 향해 우아하게 처져 있는데, 마치 아래쪽에
머리를 두고 나무줄기에 심어져 있는 또 다른 나무들처럼
보였다. 아직 붙어 있던 창백한 잎새들은 낙엽이 져서 벌써
더욱 튼실하고 검던 가지들을 한층 두드러져 보이게 했다.
나무줄기에 이렇듯 모인 가지들은 머리에 꽂는 장식 빗처럼,
쏟아져 내리는 부드러운 황금 모발을 한데 잡아매 둔 것만
같았다.

레베이용에서, 1895년 10월.

175

LA MER

La mer fascinera toujours ceux chez qui le dégoût de la vie et l'attrait du mystère ont devancé les premiers chagrins, comme un pressentiment de l'insuffisance de la réalité à les satisfaire. Ceux-là qui ont besoin de repos avant d'avoir éprouvé encore aucune fatigue, la mer les consolera, les exaltera vaguement. Elle ne porte pas comme la terre les traces des travaux des hommes et de la vie humaine. Rien n'y demeure, rien n'y passe qu'en fuyant, et des barques qui la traversent, combien le sillage est vite évanoui! De là cette grande pureté de la mer que n'ont pas les choses terrestres. Et cette eau vierge est bien plus délicate que la terre endurcie qu'il faut une pioche pour entamer. Le pas d'un enfant sur l'eau y creuse un sillon profond avec un bruit clair, et les nuances unies de l'eau en sont un moment brisées; puis tout vestige s'efface, et la mer est redevenue calme comme aux premiers jours du monde. Celui qui est las des chemins de la terre ou qui devine, avant de les avoir tentés, combien ils sont âpres et vulgaires, sera séduit par les pâles routes de la mer, plus dangereuses et plus douces, incertaines et désertes. Tout y est plus mystérieux, jusqu'à ces grandes ombres qui flottent parfois paisiblement sur les champs nus de la mer, sans maisons et sans ombrages, et qu'y étendent les nuages, ces hameaux célestes, ces vagues ramures.

바다

  현실에 결코 만족할 수 없음을 예감하기에, 당면한
고통을 외면한 채 삶에 대한 신비에 이끌리는 사람들에게
바다는 언제나 매혹적인 존재다. 피로도 느끼기 전에
휴식을 필요로 하는 이런 이들을 바다가 위로하고, 때로는
흥분시키기조차 한다. 대지와는 달리 바다는 인간들의
노동과 삶의 흔적들을 지니지 않는다. 어떤 것도 머물지
않으며 스치듯 지나가기에, 바다를 건너는 배들의 항적은 그
얼마나 빨리 자취를 감추던가! 이로 인해 지상의 사물들은
감히 꿈도 꾸지 못하는 바다의 엄청난 순수성이 생겨난다.
곡괭이를 필요로 하는 딱딱한 대지보다 바다라는 순결한
물은 훨씬 더 섬세하다.
  물 위를 밟는 어린아이의 발은 또렷한 소리를 내며 깊은
고랑을 파고, 물의 통일된 뉘앙스를 한순간 깨뜨리지만,
곧이어 모든 파장은 지워지고, 바다는 태초의 날처럼
다시금 고요해진다. 지상의 행로에 지치거나 앞으로의 길이
얼마나 힘난할지를 예견하는 사람은 이런 막연한 바닷길에
매료될 것이다. 바다의 길은 위험할수록 더욱 달콤하며,
어렴풋하고 황량하다. 바다에서는 모든 것이 신비스럽기만
하다. 촌락이며 나무 수풀이며 하늘에 삼라만상을 만들어
놓는 구름 때문에 바다 위에 펼쳐지는 거대한 그림자들도
그러하다. 이들은 거칠 것 없는 바다의 들판 위로 평화롭게
떠다니기 때문이다.

La mer a le charme des choses qui ne se taisent pas la nuit, qui sont pour notre vie inquiète une permission de dormir, une promesse que tout ne va pas s'anéantir, comme la veilleuse des petits enfants qui se sentent moins seuls quand elle brille. Elle n'est pas séparée du ciel comme la terre, est toujours en harmonie avec ses couleurs, s'émeut de ses nuances les plus délicates. Elle rayonne sous le soleil et chaque soir semble mourir avec lui. Et quand il a disparu, elle continue à le regretter, à conserver un peu de son lumineux souvenir, en face de la terre uniformément sombre. C'est le moment de ses reflets mélancoliques et si doux qu'on sent son cœur se fondre en les regardant. Quand la nuit est presque venue et que le ciel est sombre sur la terre noircie, elle luit encore faiblement, on ne sait par quel mystère, par quelle brillante relique du jour enfouie sous les flots.

Elle rafraîchit notre imagination parce qu'elle ne fait pas penser à la vie des hommes, mais elle réjouit notre âme, parce qu'elle est, comme elle, aspiration infinie et impuissante, élan sans cesse brisé de chutes, plainte éternelle et douce. Elle nous enchante ainsi comme la musique, qui ne porte pas comme le langage la trace des choses, qui ne nous dit rien des hommes, mais qui imite les mouvements de notre âme. Notre cœur en

바다는 밤에 침묵하지 않는 매력을 가지고 있다. 우리의
불안한 삶 속에서도 잠을 잘 수 있게 하는 허락이면서,
그렇다고 모든 것이 사라지는 것은 아니라는 약속의 매력
말이다. 마치 아이 방의 야등(夜燈)이 빛날 때면 꼬마들이
혼자가 아니라고 느끼듯이. 대지처럼 바다도 하늘과 떼어
놓을 수 없는 법. 언제나 하늘의 빛깔들과 조화를 이루며,
미묘하기 짝이 없는 하늘의 뉘앙스들로 요동친다. 태양 아래
빛나는 바다는 매일 밤 태양과 함께 죽는 것만 같다. 태양이
사라지고 난 뒤, 바다는 여전히 태양을 아쉬워하며, 온통
컴컴한 대지를 마주한 채 그 찬란했던 추억의 조각만이라도
간직하려 한다. 애조 어린 바다 노을의 순간은 너무도
감미로워 사람들은 자신의 심장이 녹는다고 느낀다. 밤이
다가와 하늘이 대지 위로 어두움을 드리울 때도, 바다는
여전히 희미하게 빛나고 있다. 파도 아래 묻힌 대낮의 어떤
찬란한 유물에 의한 것인지, 우리로서는 그 신비로움에 대해
알 길이 없다.
　　바다가 우리의 상상력을 새롭게 하는 것은 인간으로서의
삶을 잊게 하기 때문이다. 바다는 인간의 마음처럼
무한하지만 무력한 열망이고, 끊임없이 추락하는 도약이며,
달콤한 한탄이기에 우리를 흥겹게 한다. 바다는 음악처럼
매혹적이다. 인간의 말과는 달리 음악은 흔적을 남기지
않으며 사람에 대해 아무것도 말해 주지 않지만, 우리네

s'élançant avec leurs vagues, en retombant avec elles, oublie ainsi ses propres défaillances, et se console dans une harmonie intime entre sa tristesse et celle de la mer, qui confond sa destinée et celle des choses.

Septembre 1892.

마음의 움직임을 모방하기 때문이다. 우리의 심정(心情)은 영혼의 움직임이라는 파도와 함께 솟아올랐다가 급격히 떨어지고는 하는데, 바다와의 내밀한 조화 속에서 위로를 받으며 자기 자신의 실패의 슬픔을 잊을 수 있다. 이렇듯 세상만사의 운명과 함께 뒤섞여 있는 바다.

1892년 9월.

MARINE

Les paroles dont j'ai perdu le sens, peut-être faudrait-il me les faire redire d'abord par toutes ces choses qui ont depuis si longtemps un chemin conduisant en moi, depuis bien des années délaissé, mais qu'on peut reprendre et qui, j'en ai la foi, n'est pas à jamais fermé. Il faudrait revenir en Normandie, ne pas s'efforcer, aller simplement près de la mer. Ou plutôt je prendrais les chemins boisés d'où on l'aperçoit de temps en temps et où la brise mêle l'odeur du sel, des feuilles humides et du lait. Je ne demanderais rien à toutes ces choses natales. Elles sont généreuses à l'enfant qu'elles virent naître, d'elles-mêmes lui rapprendraient les choses oubliées. Tout en son parfum d'abord m'annoncerait la mer, mais je ne l'aurais pas encore vue. Je l'entendrais faiblement. Je suivrais un chemin d'aubépines, bien connu jadis, avec attendrissement, avec l'anxiété aussi, par une brusque déchirure de la haie, d'apercevoir tout à coup l'invisible et présente amie, la folle qui se plaint toujours, la vieille reine mélancolique, la mer. Tout à coup je la verrais; ce serait par un de ces jours de somnolence sous le soleil éclatant où elle réfléchit le ciel bleu comme elle, seulement plus pâle. Des voiles blanches comme des papillons seraient posées sur l'eau immobile, sans plus vouloir bouger, comme pâmées de chaleur. Ou bien la mer serait au contraire

해변

내 마음속으로 들어올 수 있는 길(몇 해 전부터 발길을
끊은 이 길은 완전히 폐쇄된 적은 없기에 다시 재개할 수
있을 것이다.)을 통해 지금은 그 의미를 잃어버린 말들을
다시금 내게 건네 봐야겠다. 일단 노르망디로 돌아가
바닷가로 가 보자. 아니면 차라리 나무가 우거진 오솔길로
접어들자. 이따금 바다가 보이기도 하고, 소금과 축축한
나뭇잎들과 소젖 냄새가 미풍에 뒤섞인다. 이 모든 자연의
사물들에게 더 이상 바랄 것은 없다. 자연은 이곳에서
태어난 아이가 잊어버린 것들을 친절히도 일깨워 줄 것이다.
모든 것 중에서 바다는 아직 보이지도 않는데 냄새를 통해
먼저 느껴진다. 희미하게 바닷소리만 들리겠지.

예전에 다니던 산사나무 길을 따라가다 보면 감흥이
생기기도 하고, 나무 울타리가 갈라진 틈으로 숨어 있던
여자 친구가 갑자기 나타나는 놀라움도 맛보게 되리라. 신세
타령을 하는 넋 나간 여자 같기도 하고, 맥 빠진 늙은 여왕
같기도 한 바다. 어떤 날에는 파란 하늘을 비추는 빛나는
태양 아래서 선잠에 빠진 바나에 마주칠 수도 있을 것이다.
나비처럼 하얀 돛단배들은 열기에 의식을 잃어 부동의 수면
위에서 꼼짝도 하지 않는다. 아니면 정반대로 바다는 파도의
솟구침으로 동요하기도 한다. 멀리서 바라보면 찬란한
눈[雪]으로 꼭대기가 덮이고 고정된 듯한 파도. 태양빛 아래
노랗게 물든 바다는 거대한 진흙 밭.

agitée, jaune sous le soleil comme un grand champ de boue, avec des soulèvements, qui de si loin paraîtraient fixés, couronnés d'une neige éblouissante.

VOILES AU PORT

Dans le port étroit et long comme une chaussée d'eau entre ses quais peu élevés où brillent les lumières du soir, les passants s'arrêtaient pour regarder, comme de nobles étrangers arrivés de la veille et prêts à repartir, les navires qui y étaient assemblés. Indifférents à la curiosité qu'ils excitaient chez une foule dont ils paraissaient dédaigner la bassesse ou seulement ne pas parler la langue, ils gardaient dans l'auberge humide où ils s'étaient arrêtés une nuit, leur élan silencieux et immobile. La solidité de l'étrave ne parlait pas moins des longs voyages qui leur restaient à faire que ses avaries des fatigues qu'ils avaient d'éjà supportées sur ces routes glissantes, antiques comme le monde et nouvelles comme le passage qui les creuse et auquel elles ne survivent pas. Frêles et résistants, ils étaient tournés avec une fierté triste vers l'Océan qu'ils dominent et où ils sont comme perdus. La complication merveilleuse et savante des cordages se reflétait dans l'eau comme une intelligence précise et prévoyante plonge dans la destinée incertaine qui tôt ou tard la brisera. Si récemment retirés de la vie terrible et belle dans laquelle ils allaient se retremper demain, leurs voiles étaient molles encore du vent qui les avait gonflées, leur beaupré s'inclinait obliquement sur l'eau comme hier encore leur démarche, et, de la proue à la poupe, la courbure de leur coque semblait garder la grâce mystérieuse et flexible de leur sillage.

항구의 돛단배

석양빛이 눈부신 나지막한 제방들 사이로 수로처럼 좁고 긴 항구에서 행인들은 마치 전날 도착했지만 언제든 떠날 채비가 되어 있는 의젓한 외지인같이 그곳에 정박해 있는 배들을 보기 위해 발걸음을 멈추었다. 이들은 호기심에 가득한 현지인들의 시선을 무시한 채 말도 섞지 않고, 하룻밤 묵는 싸구려 여관에서 자신들의 충동을 조용히 억누른다. 견고한 뱃머리에 새겨진 역경의 흔적들은 그동안 견뎌 냈던 고생과 앞으로 나서야 할 긴 항로에 대해서도 말해 준다. 바닷길들은 세상만큼이나 오래되었지만, 매번 항해할 때마다 새롭기만 하다.

강건한 듯 달려드는 인간들은 대양을 지배하노라 자존심을 세우지만, 종종 바다에서 길을 잃기도 하는 애처로운 존재다. 선원들이 신기하고 숙련된 솜씨로 복잡하게 동여맨 밧줄들이 물속에 어리는 모습은, 마치 명석하고 선견지명이 있는 지성인이 조만간 자신을 부숴 버릴 운명에 빠져드는 것을 보는 듯하다. 내일이면 다시 잠기게 될 무섭고도 아름다운 인생으로부터 잠시 꺼내져 있지만, 돛들은 그것들을 부풀렸던 바람에도 여전히 축 처져 있었다. 어제처럼 돛대는 수면 위로 비스듬히 기울어져 있다. 선두에서 선미에 이르는 선체의 곡선은 그들 항적의 신비롭고 유연한 매력을 간직하고 있는 것 같았다.

자크 에밀 블랑쉬, 「마르셸 프루스트의 초상」(1892)

1871년	7월 10일 파리 인근 오퇴유에서 마르셀 프루스트 출생. 샤르트르 인근 시골 마을 일리에 출신인 부친 아드리앵 프루스트는 의대 교수이며, 모친 잔 베유는 파리의 부유한 유대 가문 출신이었다.
1873년	동생 로베르 프루스트 출생. 가족이 파리로 이사함.
1881년	봄철에 불로뉴 숲 산책 도중 첫 천식 발작. 천식은 평생의 지병이 된다. 작곡가 조르주 비제의 아들 자크 비제와 우정을 맺다. 자크 비제의 모친인 젠비에브 알레비는 후일 남편 사후 재혼하여 스트로스 부인이 된다.
1882년	콩도르세 중등학교에 입학. 질병으로 자주 결석하였으나 성적은 우수한 편이었다.
1885년	부친이 파리 의과대학교에 위생학 교수로 임명됨.
1889년	7월 대학입학자격시험 문과에 합격. 11월 자원 입대하여 오를레앙 주둔 76보병연대에 배속되어 1년간 복무함.
1890년	법과대학에 등록. 파리의 사교 살롱들에 드나들기 시작함.
1891년	1월 사촌 누이와 철학가 베르그송의 결혼식에서 신랑 들러리를 맡음. 스트로스 부인의 사교 모임의 일원이 됨. 노르망디 해안 도시들인 카부르와 트루빌에서 여가를 보내는데, 이 습관은 1차 세계대전 직전까지 이어진다.
1892년	콩도르세 중등학교 동창생들과 월간지《연회(宴會)》를 창간.
1893년	마들렌 르메르 부인의 살롱에서 사교계의 이단아 로베르 드 몽테스키우를 만남. 잡지《백색 르뷔》에 여러 편의 "습작"을 발표함. 법학 학사를 받고, 소송 대리 서기 직무 연수를 받음.

1894년	청년 피아니스트 겸 작곡가인 레날도 안을 만나 우정을 맺음.
1895년	유대인 대위 알프레드 드레퓌스가 무고로 유죄 선고를 받음. 문학 학사를 받은 후 마자린 도서관의 무급(無給) 직원으로 선발되었으나, 잦은 결근으로 사직함. 브르타뉴에 머무르는 동안, 미완으로 남게 될 자전적 소설『장 상퇴유』에 착수.
1896년	그동안 발표했던 소품들을 모은 첫 작품집『즐거운 나날들』출간. 소설가 알퐁스 도데의 아들 뤼시앵 도데와 교류.
1897년	2월 6일 뤼시앵 도데와의 교제를 비난한 장 로랭과 결투.
1898년	드레퓌스 사건에서 친(親)드레퓌스파(派) 지식인 청원서에 서명함. 렘브란트 전시회를 관람하기 위해 암스테르담행.
1899년	『장 상퇴유』집필을 중단하고 영국 미학자 존 러스킨에 관한 연구를 시작함.
1900년	러스킨 사망. 모친과 함께 이탈리아를 여행하며 베네치아와 파도바에 체류. 레날도 안의 영국인 사촌 누이 마리 노르드랭제와 모친의 도움을 받으며, 러스킨의 『아미앵의 성경』을 프랑스어로 번역함. 가족이 몽소 공원 인근 쿠르셀 가(街)의 고급 아파트로 이사.
1902년	두 번째로 네덜란드를 방문하여, 헤이그에서 베르메르의 「델프트 풍경」을 관람. 노아유 공작부인과 교류.
1903년	외과의사인 동생 로베르 프루스트의 결혼식에 신랑 들러리로 참석. 연말에 로베르의 외동딸이 태어남. 11월 26일 부친인 아드리앵 프루스트 교수 사망.
1904년	메르퀴르 드 프랑스 출판사에서『아미앵의 성경』 번역서를 출판함.
1905년	러스킨의『참깨와 백합』번역을 완료하고, 그 서문이 될

「독서론」을 6월에 잡지《라 르네상스 라틴》에 게재. 9월 26일 몇 년 전부터 투병 중이던 모친이 사망. 그 충격으로 6주간 요양원에 입원함.

1906년   메르퀴르 드 프랑스 출판사에서 『참깨와 백합』 번역서를 출간함.

1907년   생토귀스탱 성당 인근의 오스만 대로(大路)로 이사한 이후 집필을 재개함. 젊은 택시 운전기사 알프레드 아고스티넬리를 만남. 그의 자동차로 노르망디 지방의 성당들을 방문함.

1908년   본인 스스로 "매우 중요한 작업"이라 불렀으며, 결국에는 『잃어버린 시간을 찾아서』의 모태가 되는, 비평과 소설이 혼재한 에세이 형식의 『생트뵈브를 반박함』을 구상함.

1909년   『생트뵈브를 반박함』 집필을 중단하고, 6월에 소설을 쓰기 시작함.

1910년   소설의 첫 번째 장(章)을 수정한 후, 유력 일간지《르 피가로》에 연재하려는 시도가 실패함. 카부르에서 여름을 보내고 돌아왔을 때, 소음 방지를 위해 침실 벽을 코르크로 도배.

1912년   《르 피가로》에 소설 앞부분이 발췌되어 게재됨. 갈리마르 출판사 등에 시도한 출판 교섭이 좌절됨.

1913년   11월 14일 베르나르 그라세 출판사에서 『잃어버린 시간을 찾아서』의 1권 『스완 가(家) 쪽으로』를 자비 출판함. 5월 말 비서로서 애인과 함께 입주해 살던 알프레드 아고스티넬리가 프루스트의 열정을 피해 12월 1일 돌연 떠남.

1914년   5월 30일 아고스티넬리가 남프랑스 앙티브 먼 바다에서 단엽기 사고로 실종됨. 1차 세계대전 발발. 군에 징집된 운전기사 오딜롱 알바레의 아내인 셀레스트가 입주하여 프루스트 사망 시까지 집사 겸 비서의 역할을 하게

됨. 전쟁으로 인해 소설 구성이 변화를 겪는데, 당초
계획보다 원고가 훨씬 늘어남.

1916년	소설의 후속을 베르나르 그라세 출판사에서 내는 것을 그만두고, 출간 거부를 번복한 갈리마르 출판사에 맡김.
1917년	전쟁 전부터 드나들던 리츠 호텔의 단골이 됨.
1918년	『잃어버린 시간을 찾아서』 전체 초고 집필을 끝냄. 종전 후 사교계로 복귀.
1919년	갈리마르 출판사가 『스완 가 쪽으로』를 새로 내고, 2권 『꽃핀 아가씨들의 그늘에서』를 출간. 에투알 광장 인근으로 잠시 옮긴 후, 연말에 트로카데로 부근의 그의 마지막 거처가 되는 아믈렝 가(街)로 이사함. 12월 10일 『꽃핀 아가씨들의 그늘에서』로 공쿠르 상을 수상함.
1920년	레지옹도뇌르 기사 훈장을 받음. 가을에 3권 『게르망트 쪽』 1부 출간.
1921년	죄드폼 미술관의 네덜란드 회화전에서 「델프트 풍경」을 다시 본 직후 심각한 건강 이상 징후를 느낌. 봄에 『게르망트 쪽』 2부와 4권 『소돔과 고모라』 1부의 합본이 출간.《누벨 르뷔 프랑세즈》 6월호에 「보들레르론(論)」이 실림. 9월 탈장과 약물 중독.
1922년	『소돔과 고모라』 2부 출간. 셀레스트에 의하면, 봄에 『잃어버린 시간을 찾아서』의 원고에 "끝"이라는 단어를 쓰면서 "이제는 죽을 수 있다."라고 말했다. 11월 18일 기관지염의 악화로 자택에서 사망. 동생 로베르와 가정부 셀레스트 알바레가 임종을 지킴.
1923년	5권 『갇힌 여인』 출간.
1925년	6권 『사라진 알베르틴』 출간.
1927년	마지막 7권 『되찾은 시간』 출간.
1930~1936년	동생 로베르에 이어 딸의 책임 편집으로 총 여섯 권으로 구성된 『마르셀 프루스트 서간 전집』이 출판됨.

대하소설의 거장 프루스트의 초기 산문시

이건수

1

영문학의 제임스 조이스(1882~1941)와 독문학의
프란츠 카프카(1883~1924)처럼, 프랑스를 대표하는 마르셀
프루스트(1871~1922)는 『잃어버린 시간을 찾아서』를 통해 현대문학의
기념비로 우뚝 자리 잡고 있다. 문학의 20세기를 열어젖힌 『잃어버린
시간을 찾아서』는 장장 14년에 걸쳐서 간행된 일곱 권의 소설들로
이루어진 대하(大河)소설이다. 잃어버린 시간인 줄 알았던 과거사가
한순간의 어떤 감각적 자극에 의해 생생하게 되살아나는 것을 경험한
작중 주인공이 이런 체험을 예술 작품 안에 고정시키려는 치열한
노력을 담은 이 소설은 명실상부한 현대문학의 금자탑이다.

프루스트는 파리의과대학교의 저명한 위생학 교수를 부친으로,
부유한 유태계 금융업자의 딸을 모친으로 1871년 파리에서 태어났다.
허약한 체질에 열 살 무렵부터 앓기 시작한 신경성 천식이 평생 그를
괴롭혔으며, 소르본대학교 졸업 후에는 이렇다 할 직업 한 번 가져 본
적이 없는 한량으로 딜레탕트를 자처하며 사교계를 기웃거렸다. 평생을
곁에서 돌봐 주리라 믿었던 부모가 1903년과 1905년에 차례로 작고하고
난 후, 유산을 물려받은 프루스트는 정서적으로나 경제적으로 독립하여
자유로이 필생의 대작인 『잃어버린 시간을 찾아서』에 몰두할 수 있었다.

"오랜 기간 동안 나는 일찍 잠자리에 들고는 하였다.(Longtemps,
je me suis couché de bonne heure.)"라는 짤막한 문장으로 시작되는 이
장편소설은 속절없는 시간의 흐름을 거슬러 오르려는 화자의 기억이
빚어내는 내면 심리의 독백서다. 따뜻한 차에 마들렌 과자를 적셔
먹다가 우연히 그 맛과 냄새에 의해 어린 시절의 추억이 촉발되는 작품

속의 유명한 일화에서 '프루스트 현상'이라는 개념이 유래하였다. 또한
이 소설은 프랑스 역사상 '아름다운 시절(Belle époque)'로 일컬어지는
벨에포크(보불전쟁 종전부터 1차 세계대전에 이르는 약 40년간) 사회의
연대기이기도 하다.

어린 시절부터 앓아 온 천식이 악화되어, 서른다섯 살 무렵에는
코르크로 방음이 된 침실에 칩거한 후 소설 집필에 전념하게 된다. 그는
총 일곱 권으로 이루어진 이 거대한 소설을 완성하기 위해 고독 속에
사투를 벌였지만, 끝내 작품의 완간을 보지 못한 채 순직한 작가다.

2

후일 대하소설 『잃어버린 시간을 찾아서』로 문명(文名)을 떨치게
될 마르셀 프루스트는 1년간의 군복무를 마치고 파리법과대학교에
입학한 직후인 스무 살 무렵부터 글을 발표하기 시작했다. 1892년에는
친구들과 어울려 잡지 《연회》를 창간했으며, 이듬해 이 잡지가 종간되자
《백색 르뷔》에 계속 투고했다. 법대를 졸업하고 사교계 살롱을 드나들
무렵 그는 도서관의 무급 직원이었는데, 그나마 휴직계를 낸 상태였다.
유복한 가정환경 덕분에 가능한 일이었다. 드디어 그의 나이 스물다섯
살 때인 1896년에 기존의 발표된 "습작" 원고들을 한데 엮어 첫 작품집
『즐거운 나날들』을 출간한다.

『즐거운 나날들』은 사교계의 잔인한 이면, 질투의 모습을 띤 사랑,
어리석은 인간 면모의 치밀한 묘사 등 이미 미래의 대작 『잃어버린
시간을 찾아서』를 충실히 예고하고 있다. 문학 댄디로 사교계를
드나들던 청년 프루스트가 자신의 문재(文才)를 끊임없이 실험해 온
만큼 이 문집에는 운문시, 단편소설, 풍자문, 산문시 등의 다양한
장르의 글들이 혼재되어 있다. 그러나 주력은 역시 소설 분야로서,
「발다사르 실방드 자작의 죽음」, 「비올랑트 양의 사교계 생활」,
「브레이브 부인의 우울한 휴양」, 「어느 처녀의 고백」, 「시내에서의 만찬」,
「질투의 끝」 등이다. 이 단편들은 은밀한 죄의식을 주제로 하고 있어
이미 『잃어버린 시간을 찾아서』의 서사성을 예고하고 있다.

그러나 다양한 형식의 수록작들 가운데 단연 우리의 눈길을
끄는 것은 보들레르가 일찍이 "리듬도 각운도 없으면서 음악적이고,
물결치는 몽상처럼 유연하면서도 거친 기적"이라고 정의한 바 있는
산문시들을 모은 『시간의 빛깔을 한 몽상』(프랑스어 원제는 'Les Regrets,
Rêveries couleur du temps'으로, 직역하면, '회한, 시간의 빛깔을 한 몽상'이다.)이다.
프루스트가 "에튀드", 즉 습작이라 불렀던 서른 편의 소품들이 오롯이
모여 있다.

방대한 『마르셀 프루스트 사전』 안에서 『즐거운 나날들』 항목을
찾아보면 『시간의 빛깔을 한 몽상』의 원제는 "음악, 슬픔, 바다에 관한
단장들"이었음을 알 수 있다. '음악'은 보들레르의 '음악적인 산문'으로,
'슬픔'은 프루스트 시집명의 '회한'으로, '바다'는 '물결치는 몽상'으로
자연스레 수렴된다. 이제 남은 것은 '시간의 빛깔'이라는 은유인데,
관련 항목을 집필한 루치우스 켈러 같은 이는 "프루스트에게 '시간의
빛깔'은 시시각각 변해 가는 자연과 심정과 작품의 기분을 가리킨다."고
적시하고 있다. 『잃어버린 시간을 찾아서』의 그 유명한 심리적
'시간'과의 연관성을 주장하는 듯하다.

3

후일 프루스트가 『잃어버린 시간을 찾아서』를 집필할 때, 굳이
재판(再版)을 찍으려고 하지 않은 것이 첫 작품집 『즐거운 나날들』이다.
끝도 없이 이어지는 만연체 문장, 주위의 대상을 관찰하던 중 연상
작용에 의해 돌연 무의식이 만들어 내는 직관적인 인상들, 복잡하게
얽히고설키는 음악적 순환 같은 구성 등은 완성기의 『잃어버린 시간을
찾아서』와 구별이 어려울 정도다. 씨앗 속에 이미 대작을 숨겨 놓았기에
프루스트 본인은 『즐거운 나날들』을 다시 펴 볼 필요가 없었을 것이다.
하지만 그중에서도 작으면 작을수록 더욱 강렬한 빛을 발하는 보석
같은 소품집 『시간의 빛깔을 한 몽상』은 산문시라는 서정적 장르를
체험하는 청년 프루스트가 『파리의 우울』의 선배 보들레르에게 바치는
오마주임에 틀림없다.

악기를 연주하듯이 테니스 라켓을 들고 있는 마르셀 프루스트(1891)

프루스트의 '사랑 글쓰기'

김동훈(서양고전학자)

프루스트의 글쓰기에는 보통 '회화적'이란 수식어가 붙는다. 회화에는 형태 이외에도 색이나 빛이 전제되었기에, 그의 글에 대해 '색깔'이나 '빛깔'이란 말이 거론되는 것은 그러한 맥락에서다. 하지만 이번 시집을 통해 볼 때 그의 글쓰기는 '연애(시)적'이란 말이 더 적절한 것 같다. 그리하여 이런 결론에 이른다. 프루스트의 주특기는 '사랑 글쓰기'다.

이 시집의 원래 제목은 "음악, 슬픔, 바다에 관한 단장들"이었다. 보들레르의 영향을 받은 듯 『시간의 빛깔을 한 몽상』으로 바뀌기 전의 원제를 통해 볼 때 '사랑 글쓰기'란 수식은 유효할까?

음악, 사랑의 메타포

사랑은 무엇인가? 왜 사랑하는가? 왜 다시 사랑을 찾아 헤매는가? 궁색한 답변을 면하기 어려운 이 물음에 프루스트는 이 시집의 원제로 대답할 것이다. 사랑은 "음악, 슬픔, 바다"라고. 그도 그럴 것이 프루스트 자신도 막상 사랑을 정의하기는 쉽지 않았던 모양이다.

> 음악이 아슬아슬하게 절정에 이르면, 그 도약은 깊은 추락에
> 의해 중단되지만 곧이어 더욱 필사적인 도약으로 이어진다.
> 음악의 찬란한 무한함과 그 신비스러운 어둠은 노인에게는
> 삶과 죽음의 광막한 장면이요, 아이에게는 미지의 바다와
> 육지에 대한 간절한 약속이다.
>
> ——「음악을 듣고 있는 가족」에서

프루스트는 메타포로 사랑을 표현했다. 그에게 음악은 절정에 한 번 도달하면 추락하여 중단되는 것이다. 사랑도 절정과 반복을 가졌기에 음악의 메타포가 통한다. 상처에 눈감고 또 연애를 되풀이하는 사랑의 무한 반복은 청각이 다 상해도 귀청이 따갑게 반복하여 듣는 무한 재생의 음악과 같다. 실연의 상처가 있음에도 불구하고 또다시 반복되는 구애의 욕망에 대해 프루스트는 "신비로운 무한이자 사랑의 눈부신 어둠"(「음악을 듣고 있는 가족」)이라 했다.

사랑 앞에서는 노인이거나 아이일 뿐이다. 사랑이 노인에게는 이미 죽음으로 끝나고 아이에게는 간절한 소망으로 추구된다. 또는 노인은 찾아오는 사랑을 중단하고 아이는 그 사랑에 "간절한 약속"을 한다. 음악처럼 하는 사랑이야말로 "마음의 열망을 충만히 채워 주고"(「음악을 듣고 있는 가족」) 있다. 아이는 이 포만감을 위해 오늘도 희한한 상상으로 사랑을 찾아 헤맨다.

찬란한 관능 뒤에 엄습하는 슬픔

간절한 사랑의 '충만'이었던 "관능이 스며든다."(「여인들의 문예 취미」) 그 관능은 그에게 "도취감", 그러니까 모종의 중독 증세를 가중시켰다.

그녀는 자신의 앞가슴 사이에서 아직 봉오리가 닫혀 있는 노랗고 분홍빛 도는 장미 한 송이를 뽑아 내 양복 단춧구멍에 꽂아 주었다. 새로운 관능에 의해 나의 도취감이 갑자기 증대하였다. (……) 그녀의 눈이 가벼운 경련으로 떨렸고 곧바로 울음을 터뜨릴 바로 그 순간에, 그녀의 눈물인 듯 내 두 눈에도 눈물이 가득 차올랐다. 그녀가 다가와 내 뺨 가까이에서 머리를 뒤로 젖혔을 때, 그녀의 신비로운 매력과 마음을 사로잡는 생기를 음미할 수 있었다. 미소를 머금고 그녀가 상큼하게 자신의 혀를 내밀어 내 눈가의 눈물을 모두 핥았다. 그러고는 내 눈물을 가벼운 입술 소리를 내며 삼켰는데, 이 소리는 마치 내 몸에 직접 하는 것보다 더 내면적으로 마음을 흔드는 알 수 없는 입맞춤과도 같았다.

―「꿈」에서

이쯤 되면 연애중독이라 해도 무방하겠다. 사랑을 안 하고는 못 배기는 아이는 연애중독에 빠졌다. 하지만 황홀한 "관능이 망상에" 불과하다는 것을 알게 될 때쯤 찾아오는 손님이 있으니, 그게 바로 슬픔이다.

> 이곳에서 서로 사랑을 나눈다는 관능이 망상에 이를 정도로 커졌다. 그제야 나는 (회한이라는 겉과는 다르게, 욕망이라는 내적 현실에 있어) 곁에 그대를 실재적으로 소유하고 있지 않다는 슬픔을 깊이 느꼈다.
>
> ―「실재적인 존재감」에서

음악의 선율이 그 절정을 지나면 더 이상 어떤 긴장도 던지지 않는다. 앞에 있었던 멜로디의 짜깁기에 불과해 식상할 때쯤 나타나는 권태와 비슷하다. 사랑의 절정에 달해 황홀경을 맛보았다면, 이제 남은 것은 내리막으로 향하는 추락뿐이다. 그때의 증상은 이렇다.

> 수많은 키스들, 입맞춤한 머리카락들, 취기 오른 포도주처럼 퍼부어진 눈물과 입술과 애무를 받은 모든 것들, 게다가 신비한 운명의 무한까지 확장되려는 행복을 느끼지 못해 밤의 음악처럼 증가하는 절망감마저도.
>
> ―「거울 속의 나비 잡기」에서

프루스트는 사랑의 절망감이 증가하는 때를 '밤'이라 한다. 보고 싶어도 볼 수 없는 그 강렬한 빛을 상실한 즈음 둔감해지던 감각은 급기야 마비에 이른다. 그런 의미에서 밤은 무감각의 상징이다. 시간적인 밤이 아니라 작렬하는 태양을 맨눈으로 보고 난 이후 겪게

되는 무감각의 밤, 아찔한 찰나의 찬란함이 끝난 뒤 둔감해지다가
망가져 버린 그 밤에, 우리는 슬픔을 맞이한다.

사랑에서 아름다움으로, 실연의 흔적 없는 바다

아이러니하게도 프루스트는 절망감으로 곤두박질치는 사랑을
"곧 닥쳐올 절대적인 망각과는 비교할 수 없는 존재인 양 소중히
다루었다."(「거울 속의 나비 잡기」) 그뿐만 아니라 아무리 저속한 사랑도
존중해야 한다고 역설한다.

> 저속한 음악을 싫어할지언정 경멸하지는 말 것. 고급
> 음악보다 더 열정적으로 사람들이 연주하고 노래한다면,
> 조금씩 사람들의 꿈과 눈물로 채워지기 마련이다. 이쯤
> 되면 저속한 음악도 당신이 존중할 만한 것이 되고 만다.
> 그 위치가 예술사 속에서는 하찮더라도, 인간들 감정의
> 역사에서는 굉장한 역할을 하게 된다. 저속한 음악에 대한
> 존중(사랑이라고까지 말하지는 않겠지만)은 단지 좋은 취향에
> 대한 선호이거나 그것에 대한 불신이라 부를 만한 것의 한
> 형태일 뿐만 아니라, 음악의 사회적 역할이 얼마나 중요한지에
> 대한 자각이기도 하다.
> ——「저속한 음악에 대한 찬사」에서

사랑에 실패하고서도 또다시 사랑을 소중히 여기는 이유는
프루스트에게 명백하다. "음악(=사랑)의 사회적 역할이 얼마나
중요한지에 대한 자각"이 있기 때문이다. 그렇다면 음악이나 사랑이
자각한다는 그 대상, 즉 '사회적 역할'이란 구체적으로 무엇인가?

> 사실 음악적인 기술만을 중시한다는 음악가마저 여기서는
> 오로지 음악적인 아름다움이라는 포장 안에 감추어진 의미
> 있는 이런 감동들을 역시 느껴 보게 된다. 그리고 결국에는

음악 안에서 삶과 죽음, 바다와 하늘이라는 가장 원대하고
보편적인 아름다움을 듣는 나 자신은 그 속에서 매우
특별하고, 유일한 너만의 매력을 다시 알아보는 것이다. 오,
사랑하는 여인이여.

— 「음악을 듣고 있는 가족」에서

　이 시에서 프루스트는 음악을 "삶과 죽음, 바다와 하늘이라는 가장
원대하고 보편적인 아름다움"과 연결한다. 설령 기술만을 중시하는
음악가가 그 아름다움을 한낱 '포장'이라 할지라도 그 포장 속에는
감동들이 있다. 바다에 있는 그 '아름다움'이 사랑하고 있는 '나'에게
찾아와서 내가 사랑하는 '너'에게 '매력'을 느끼게 된다. 사랑이 벌어지는
일련의 과정을 통해서 누구나 느낄 수 있는 아름다움에 다다르고, 그
아름다움이란 다름 아닌 "바다와 하늘이라는 가장 원대하고 보편적인"
자연의 그 '아름다움'이라는 것을 '자각'한다. 그렇다. 바다의 아름다움이
사랑의 아름다움과 일맥상통하는 그 아름다움이다. 그래서 사랑할 때는
바다가 아름답고 하늘이 아름답고 세상이 아름답다.
　사랑은 시간과 공간, 매체를 갖고 우리에게 벌어진다. 사랑과
음악의 아름다움이 들리는 장소는 바다다. 바다와 사랑의 아름다움을
들려주는 매체는 음악이다. 바다와 음악의 아름다움이 들리는 시간은
사랑할 때다. "음악의 사회적 역할"은 바다와 사랑의 아름다움을
들려주는 것이고, 이것을 자각하기 위해 슬픔에 빠졌던 사랑이
있을지라도 또다시 사랑에 도전한다.

　우리의 심정(心情)은 영혼의 움직임이라는 파도와 함께
솟아올랐다가 급격히 떨어지고는 하는데, 바다와의 내밀한
조화 속에서 위로를 받으며 자기 자신의 실패의 슬픔을 잊을 수
있다. 이렇듯 세상만사의 운명과 함께 뒤섞여 있는 바다.

— 「바다」에서

제임스 애벗 맥닐 휘슬러, 「오팔빛 황혼: 트루빌」(1865)

제임스 애벗 맥닐 휘슬러,「푸른색과 은색의 조화: 트루빌」(1865)

헤어져 있으면 미치도록 보고 싶고 염원하던 만남이 이루어지면 또 헤어질까 서러운 감정의 '파도타기'가 사랑 속에 있다. 바다가 사랑의 메타포인 이유는 사랑의 '심정'이 이렇듯 '파도'를 타기 때문이다.

이런 파도는 끝끝내 "바다와의 내밀한 조화"를 통해 아름다움으로 승화된다. 이것을 표현하는 데 프루스트가 감탄을 마지않는 화가가 제임스 애벗 맥닐 휘슬러(1834-1903)다. 프루스트는 『잃어버린 시간을 찾아서』 5권 「게르망뜨성 쪽으로」에서 휘슬러가 "은빛 도는 푸른빛 조화 속에" 있는 포구를 그렸다고 말한다. 당시 새로운 작품 사조를 선도하고 있었던 휘슬러는 작품은 '조화(Harmony), 화합(Symphony), 배치(Arrangement)'를 고려해야 한다는 신념을 갖고, 그런 용어를 제목으로 단 그림들을 다수 그린다. 특히 포구를 그린 그림들이 많은데, 프루스트는 그의 사상에 큰 감동을 받고 결국 모든 것들을 화합하는 바다를 사랑의 메타포로 사용하게 된다. 그런데 휘슬러는 「오팔빛 황혼: 트루빌」(1865), 「푸른색과 은색의 조화: 트루빌」(1865) 등에서 잔잔한 바닷가의 고즈넉함도 조화로 표현했지만, 좀 더 성숙한 시기가 되어서는 「푸른색과 은색의 조화: 보트 대기」(1897)나 「폭풍우, 석양」(1880)에서 보듯 혼돈 속에서의 조화로움도 담아냈다. 프루스트는 아마도 험난한 폭풍 속에서도 다시 조화를 이루는 바다와 같은 사랑을 꿈꿨을 것이다.

그리고 바다가 사랑의 메타포인 또 하나의 중요한 이유를 프루스트는 꼬집어 말한다.

> 대지와는 달리 바다는 인간들의 노동과 삶의 흔적들을
> 지니지 않는다. 어떤 것도 머물지 않으며 스치듯 지나가기에,
> 바다를 건너는 배들의 항적은 그 얼마나 빨리 자취를
> 감추던가! 이로 인해 지상의 사물들은 감히 꿈도 꾸지 못하는
> 바다의 엄청난 순수성이 생겨난다. 곡괭이를 필요로 하는
> 딱딱한 대지보다 바다라는 순결한 물은 훨씬 더 섬세하다.
> ──「바다」에서

바다는 "흔적을 남기지 않는" 성질 때문에 사랑의 은유다.
이것은 어떤 기표도 남기지 않는 음악과 비슷한데, 노래가 흘러가면
어디에도 그 가사나 음표가 남지 않는 것과 같다. 그렇지만 음악은
끝나도 그 선율의 아름다움은 강한 울림으로 남는다. 이처럼 사람은
떠나도 사랑은 남는다. 사랑이 음악을 모방한 게 아니라 음악이 이런
사랑을 모방했다. "인간의 말과는 달리 음악은 흔적을 남기지 않으며
사람에 대해 아무것도 말해 주지 않지만, 우리네 마음의 움직임을
모방"(「바다」)한다. 실패한 사랑이라도 다시 사랑에 도전하는 이유가
여기에 있다.

어떤 흔적도 남기지 않는 바다를 프루스트는 오히려 더 순수하고
순결하며, 섬세하다 여겼다. 우리는 사랑할 때 일종의 환상에 빠진다.
실연의 상처보다 다가올 황홀한 사랑을 상상한다. 그 환상이 과거
사랑의 흔적을 망각케 한다. 사랑의 흔적을 꽁꽁 숨겨둔 그 어떤
사람보다 더 순수하고 순결하고 섬세한 사람이 누구인가? 프루스트에
따르면 새롭게 사랑하는 자가 가장 순수한 자다.

사랑의 몽상보다는 사랑의 도전을

이런 '사랑 글쓰기'를 시집 전반에 소개하는 프루스트는 가끔
시도하지도 못하고 몽상에만 머물다 끝나 버린 사랑도 소개한다.
「꿈으로서의 삶」, 「유물」, 「꿈」 등이 그렇다. 심지어 「유물」에서
프루스트는 애인이 죽고 난 이후에 "그녀의 유품"을 구해다 평생을
갖고 노는 어그러진 사랑, 그러니까 흔적에 사로잡힌 사랑을 보여 준다.
사랑은 상상보다는 실천임을 반어적으로 주장하는 대목이다. 우리는
가끔 연애를 하면서도 언젠가 있을지도 모를 배신의 두려움으로
빌을 동동거리며 지금의 사랑에 몰입하지 못한다. 하지만 프루스트는
그런 슬픔이 없는 사랑은 애당초 불가능한 일임을 각인시키고 있다.
일찍부터 그 서글픔을 각오하고서라도 사랑을 시도하라 조언한다.

그리고 사랑은, 신비롭고도 서글픈 신성한 아침 해마냥

제임스 애벗 맥닐 휘슬러, 「푸른색과 은색의 조화: 보트 대기」(1897)

제임스 애벗 맥닐 휘슬러, 「폭풍우, 석양」(1880)

여전히 우리 머리 위로 떠오를 그런 사랑은 우리의 고통 앞에
거대한 지평선 같은 것을 펼쳐 놓으리라. 사랑의 지평선은
이상하고도 아득한데, 여기에는 황홀케 하는 비탄이 약간 섞여
있다.

　　　　　　　　　　—「옛사랑 때문에 아직도 울어야 한다면」에서

　황홀한 사랑은 이제 슬프다. 우리의 사랑이 과거, 현재, 미래 그 어느
때에 찬란하다 해도 그 사랑은 서글플 수밖에 없다. 그럼에도 불구하고
우리는 눈부시게 찬란한 사랑의 지평선을 언제나 그린다. 늘 아득하게
저 멀리에 있을지라도…… 그래서 또 서럽다.
　프루스트의 '사랑 글쓰기'에서 밝힌 사랑은 '음악, 슬픔, 바다'다.
그는 비록 서글픈 사랑도 그 사랑은 아름다움을 자각하고 황홀케
하는 약간의 비탄만 섞여 있다고 보았다. 이것을 자각할 때 그
사랑은 순수하고 섬세하다. 바다와 같은 사랑은 이전의 쓰라림을 더
이상 남기지 않는다. 선율의 무한 재생을 통해 음악의 아름다움이
맘속에 남듯 사랑은 다시 또 아름다움으로 온다. 사랑은 프루스트의
'사랑 글쓰기'에서 말하듯 저 멀리 파도처럼 다시 또 온다. 사람은
떠나도 사랑은 남는다. 사랑이 떠나도 아름다움은 음악처럼 남는다.
프루스트는 조언한다. 그동안의 사랑으로 '슬픔'이 북받쳐 오르더라도
사랑에 도전하라고, '음악'처럼 '바다'처럼. 이것이 "음악, 슬픔, 바다에
관한 단장들"이라는 제목의 시집에서 프루스트가 선보인 '사랑
글쓰기'다.

세계시인선 43   시간의 빛깔을 한 몽상

1판 1쇄 펴냄 2019년 12월 30일
1판 4쇄 펴냄 2021년 12월 28일

지은이   마르셀 프루스트
옮긴이   이건수
발행인   박근섭, 박상준
펴낸곳   **(주)민음사**

출판등록   1966. 5. 19. (제16-490호)
주소   서울시 강남구 도산대로1길 62
          강남출판문화센터 5층 (06027)
대표전화   02-515-2000   팩시밀리 02-515-2007

www.minumsa.com

ⓒ 이건수, 2019. Printed in Seoul, Korea

ISBN 978-89-374-7543-6 (04800)
      978-89-374-7500-9 (세트)